Marlisa Linde
Der Ex-Polizist und die Sklavin

Marlisa Linde

Der Ex-Polizist und die Sklavin

Roman

Bibliografische Information der Deutschen Nationalbibliothek:
Die Deutsche Nationalbibliothek verzeichnet diese Publikation
in der Deutschen Nationalbibliografie;
detaillierte bibliografische Daten sind im Internet
über http://dnb.dnb.de abrufbar.

Korrektorat: R.Thalmann

Verlag: BoD · Books on Demand GmbH, Überseering 33,
22297 Hamburg, bod@bod.de
Druck: Libri Plureos GmbH, Friedensallee 273, 22763 Hamburg

ISBN: 978-3-7693-6895-6

Inhaltsverzeichnis

RÄTSEL

Frank Reichelt schließt seine Wohnungstür auf. Einer der drei letzten Tage als Polizist kurz vor seiner Pensionierung. Genervt lässt er sich auf sein Sofa fallen. Beschämt fällt sein Blick auf ein aufgeschlagenes Bondage-Magazin. Die lateinamerikanisch wirkende, nackte Schöne liegt zu einem sogenannten *Hogtie* gefesselt auf dem Sofa, hat also Hand- und Fußgelenke miteinander verbunden und guckt mit großen Augen über ihrem roten Gummiball-Knebel in die Kamera. Er schüttelt über sich selbst den Kopf und räumt das Magazin weg. Steckt es unter die Fernsehzeitschriften. Kommt ja sowieso niemand je in seine Bude. Er schaltet den Fernseher ein. Und stöhnt. „… ist gefasst worden", erklärt die Nachrichtensprecherin gerade. „Der sogenannte Blondinenkiller, wie ihn die Medien leider genannt haben, ist bei einem Polizeizugriff letzte Woche erschossen worden", erklärt die Nachrichtensprecherin und ein paar Aufnahmen von einem Mietshaus mit zahlreichen Streifen- und Mannschaftswagen der Polizei davor sind zu sehen. Genervt schaltet Frank wieder ab und geht in die Küche, wo er sich eine kalte Cola aus dem Kühlschrank holt. Erst das Schäumen im Glas und der Geschmack des kalten, süßen Prickelgetränks auf der Zunge bringt ihn wieder in bessere Laune. „Und da steckt doch mehr dahinter", murmelt er zu sich selbst und setzt sich im Nebenzimmer an seinen Schreibtisch. Er klappt sein Notebook hoch und klickt auf die Datei. Das Worddokument erscheint auf seinem Schirm.

Wo-der-Fluss-ganz-unten-ist muss der-dicke-Krieger zweimal-ficken keine-gute-Gesundheit Hufenarbeiter

Das steht dort im Dokument. Denn immer wieder hat der Serienmörder Anton Ehrlichmann, 38 Jahre alt, irgendwelche Schmähnachrichten in verschlüsselter Form an die Presse geschickt, welche die Polizei verhöhnt haben. Ein Bibelzitat wurde alsbald mit Hilfe eines Computers vom LKA als Schlüssel entlarvt und wenn man die Buchstaben des Zitats richtig gegen den Originaltext ausgetauscht hatte, ergab sich eine Klartextnachricht. Das waren einfach Beschimpfungen, die Polizei sei unfähig. Manchmal waren allerdings auch Hinweise auf den Täter enthalten – was letztlich zu seiner Festnahme beigetragen hatte. Nur dass er eine Waffe gezogen und auf die Polizisten gefeuert hatte. Die Erwiderung des Feuers hatte er nicht überlebt.

Nur diese letzte Nachricht, sie bereitet Frank Kopfzerbrechen. Der alte Schlüssel, der letztlich aus dem Austausch von Buchstaben aus dem Bibelzitat bestand, ergibt den auf dem Bildschirm flimmernden Text vom Fluss, der ganz unten ist und dem dicken Krieger. Aber im Gegensatz zu den anderen Botschaften macht der entschlüsselte Text einfach keinen Sinn. Es scheint nur dummes Gerede zu sein, von einem „fickenden" Krieger. War der Täter betrunken, als er diese letzte Nachricht verfasst hatte?

Noch etwas gibt es, das Frank keine Ruhe gelassen hat. Die Hinweise auf einen Komplizen. Eine ältere Nachricht, verständlich wie alle bis auf die letzte, hatte im Klartext gelautet

Ihr kriegt uns nie, ihr Idioten. Mir hilft sogar ein Engel, die weinenden Mädels ihrem Schicksal zuzuführen.

Diese Nachricht hat ihn immer vermuten lassen, der „Engel"
müsse eine Komplizin sein. Auch wenn sein Vorgesetzter, Dr.
Karlstadt, das rundheraus abgelehnt und gesagt hatte, der Engel
sei eine Metapher. Aber was, so denkt Frank immer wieder, wenn
Täter diesmal noch eine weitere Ebene der Verschlüsselung
eingeführt hat? Oder keine Verschlüsselung, sondern eine
Verschleierung. Dass man den Klartext noch interpretieren muss.
Der Klartext vom dicken Krieger und dem Fluss ist auch der erste,
der überhaupt Bindestriche hat. So, als würden die
Bindestrichsequenzen erst noch durch einen neuen Begriff ersetzt
werden.

Er seufzt und sieht sich den Text an. Diese neuen KI-Programme,
die es überall im Internet gibt, hat er schon erfolglos drauf
angesetzt. Die haben schlichtweg kapituliert.

Wo-der-Fluss-ganz-unten-ist. Das muss also eine Art Flusstal sein.
Manchmal schneiden sich Flüsse ja ein sehr tiefes Bett. Somit wäre
der Fluss dort unten. Wo ist so etwas der Fall? Wo gibt es... so ein
... hohes Ufer! Da fällt es ihm wie Schuppen von den Augen.
Hannover hat eine Gegend, da gibt es ein Hohes Ufer. Dort, wo die
Stadt in der Steinzeit erstmalig besiedelt wurde, wenn er sich recht
erinnert. Stehen die ersten Worte also für Hannover oder
tatsächlich ein Hohes Ufer? Oder eben *das* Hohe Ufer in Hannover
in der Altstadt nahe des Landtags?

Gut, hat der Killer seine Adresse oder einen Tatort verraten wollen?
Das Haus, wo der Killer gewohnt und gemordet hat ist natürlich
längst bekannt und nicht mal in Hannover. In Hannovers Altstadt,
dort wo das „Hohe Ufer" als Promenade zu finden ist, ist jedenfalls
nichts polizeilich bekannt geworden im Zusammenhang mit dem
Killer. Der kam ja auch aus Hildesheim und hat dort in der Altstadt

gewohnt. Frank wird unruhig. Hat er etwa in Hannover auch gemordet und die Leiche ist nie gefunden worden? Aber wenn es eine Adresse ist, bräuchte er noch eine Straße. Denn „Hohes-Ufer" könnte auch für Hannover allgemein stehen. Schließlich soll sich das Wort Hannover über das alte „Hannovre" direkt von jenem „Hohen Ufer" ableiten.

Er bekommt vor Aufregung feuchte Hände. „Der Dicke Krieger" könnte dann für eine Straße stehen und „zweimal ficken" für eine Zahl? Für welche? 66 oder 12, vermutet er. Eine Hausnummer? Doch welche Straße passt zu einem dicken Krieger? Er schenkt sich Cola nach und surft im Internet, bis er eine Adressdatenbank von Hannover gefunden hat. Am Ende bleiben die Siegfriedstraße und die Große-Hermannstraße übrig. Siegried war nicht als dick überliefert, sondern der Nibelungenheld wird meist als schlanker Krieger dargestellt. Und wie sollte gerade der Name Herrmann... Doch! Hermann der Cherusker! Ob er dick war, weiß Frank nicht. Aber er ist eine sehr kompakte und kräftige Gestalt auf dem Hermannsdenkmal, unten an der Porta Westfalica an der Grenze zu Nordrhein-Westfalen. Sollte es so einfach sein? Aufgeregt geht Frank hin und her. Die Große-Hermannstraße 12 oder 66. Schnell hat er herausgefunden, dass es keine Nummer 66 in der Straße gibt, eine Nummer 12 aber sehr wohl. Nur was ist dort vor sich gegangen?

Er will schon aufstehen, da merkt er, dass er noch nicht fertig ist. „Ach richtig", murmelt er. „keine-gute-Gesundheit" und „Hufenarbeiter". Er stutzt. Ein Hufenarbeiter, kein Hafenarbeiter. Was ist der Name dafür. Ein Schmied? Schmitt? Gibt es unter der Adresse eine Frau Schmitt oder Schmidt oder irgendwas in der

Art? Er sucht in den Online-Adressverzeichnissen. Und wird fündig. Eine Elena Schmidt wohnt in der Große-Hermannstraße 12. Elena klingt ja fast wie „elend", will sagen, „keine gute Gesundheit". Er steht auf und haut vor Begeisterung auf die Tischplatte. Das muss es sein! Entweder ist diese Elena Schmidt ein Opfer und dann vermutlich vermisst, oder ist sie... vielleicht der gesuchte Engel? Er vermutet, sie wird ein Opfer sein. Aber ob eine Elena Schmidt vermisst wird, kann er morgen im Büro schnell herausfinden. Ein paar Tage hat er noch.

Am nächsten Tag im Büro merkt er, dass er schon nicht mehr richtig dazugehört. Alles mögliche Dienstgeschehen in der Mordkommission spielt sich ohne ihn ab. „Na, immer noch Rätselraten über Ehrlichmann?", fragt ihn sein Kollege Thorsten. Frank öffnet den Mund und hätte fast mit seiner Engeltheorie angefangen, lässt es dann aber. Schnell hat er sich eingeloggt in seinen Computer und greift auf die Vermisstendatenbank zu. Sein Kollege Thorsten steht butterbrotkauend hinter ihm. „Immer noch der Ehrlichmann-Fall?" Der Kollege klopft ihm auf die Schulter. „Der ist doch geschlossen. Überleg dir lieber, wo wir deine Abschiedsparty machen. Restaurant oder was Verwegenes?" Frank grinst, mehr aus Pflichtgefühl heraus, um mitzuspielen. „Restaurant reicht." Er tippt „Elena Schmidt" in allen Variationen wie Doppel-T, DT oder T am Ende ein und sieht, dass keine Person dieses Namens vermisst wird. Thorsten schüttelt den Kopf und setzt sich wieder an seinen eigenen Schreibtisch.

„Ich gehe mal was überprüfen", sagt Frank und steht auf. Sein Kollege Karl, bekannt als so etwas wie der Abteilungsclown, lacht laut auf. „Das würde ich auch sagen auf meinen letzten Tagen und irgendwo eine Bratwurst essen gehen."

Frank hält vor der gesuchten Adresse an. Große-Hermannstraße Nummer Zwölf. Ein einfaches Mehrfamilienhaus. Eine einfache, graue Fassade. Schlichter, schmutzig gewordener Putz. Sechs Wohnungen. Er steht auf und sieht auf die Klingelschilder. „Schmidt", da steht es. Eine kleine Gegensprechanlage ist neben den Klingen zu finden. Er drückt den Klingelknopf von Frau Schmidt. Zu seiner Verblüffung ist kurz darauf der Türsummer zu hören, ohne dass jemand Fragen stellt. Er öffnet die Tür. Im Flur vor den Treppen sieht er die Briefkästen. Der mit „Schmidt" beschriftete quillt über. Werbesendungen finden kaum noch Platz in dem Ding. Er geht die Treppen hoch und sieht auf die Türschilder. Schnaufend kommt er im zweiten Obergeschoss an, wo Schmidt an der Wohnungstür steht. Er klingelt und die Tür geht sofort auf. Eine Frau sieht ihn nervös durch die nur wenig geöffnete Tür an. Eine Sperrkette hat sie nicht, wie ihm auffällt.

Die Frau ist klein, vielleicht 1,50 Meter groß, schätzt er. Sie hat kurze, braune Haare und kleine, feste Brüste, die von einem blauen Spitzen-BH bedeckt sind. Den man sehr gut sehen kann, weil sie eine durchsichtige schwarze Bluse darüber trägt. Untenrum trägt sie eine schwarze Strumpfhose, die ebenfalls einen blauen Slip erkennen lässt. Einen Minislip, wie er sieht. Die Frau ist barfuß, die Füße nur vom Strumpfhosenstoff bekleidet. Ihr Gesicht wirkt unscheinbar, aber durchaus attraktiv, hat falsche Augenbrauen und Makeup angelegt. Ihr Mund ist zu einem roten Kussmund geformt. Sie wirkt wie eine durchschnittlich bis attraktiv aussehende Prostituierte. Solche hat er in seinem Berufsleben schon genug zu Gesicht bekommen. Auf Anfang 40 schätzt er die Frau, bei der sich ein paar Linien um die Augen eingegraben haben. „Ja?", fragt sie ihn, so als ob ihre Aufmachung das Normalste von der Welt wäre. „Eine Frage", sagt er nur. „Sind Sie mit einem gewissen Herrn Ehrlichmann bekannt?" Er sieht, dass die Frau bleich wird und schlucken muss. Es verblüfft ihn, dass sie einen Knicks andeutet und sichtlich erschüttert ist. Ihre Stimme klingt belegt, als sie eine Frage herausstottert.

„S-Sind Sie ein Freund von Anton?"

Instinktiv erkennt Frank die Gunst der Stunde. Jetzt zögerlich zu sein und überkorrekt vorzugehen, wird nur zum Zuschlagen der Tür führen, folgert er.

„Machen Sie schon auf!"

Bleich tritt sie einen Schritt zurück und er betritt die Wohnung. Auf welch dünnem Eis er sich jetzt juristisch bewegt, ist ihm klar. Denn er hat sich im Prinzip unter Vorspielung falscher Tatsachen Zutritt verschafft.
Mit seiner bloßen körperlichen Präsenz schiebt er sie tiefer in den Flur hinein. Links sieht er eine offene Tür ins Wohnzimmer. Es riecht nach Zigarettenrauch. Sanfte Musik klingt aus den

Lautsprechern einer Stereoanlage in einem altmodischem Wohnzimmerschrank mit diversen CDs daneben. Was aber seine Aufmerksamkeit erregt, sind die zahlreichen Fotografien von jüngeren Frauen an den Wänden, deren Gesichter Qual und Erschrecken zeigen. Die Augen oft geweitet, manchmal zugekniffen, oft voller Tränen. Nicht selten sind die Gesichter rot oder sehen aus, als hätten die Frauen gerade eine Ohrfeige bekommen. Einer der Mundwinkel, zu einer drall wirkenden Blonden gehörend, lässt etwas Blut erkennen. Wer, fragt er sich, hängt sich solche Bilder in etwa 50 x 60 Zentimetern ins Wohnzimmer? Das passt alles zu Ehrlichmann. Was hat diese Frau mit ihm zu tun? Sie wird in dem Fall drinhängen, das ist ihm klar. Ist sie eine Freundin, eine Mitwisserin? Oder gar eine Komplizin? Ist sie der mysteriöse Engel?

„Sind das Opfer von Anton?", fragt er rundheraus und deutet auf die Fotos an den Wänden.

„Was? Nein", antwortet sie entschlossen. Das sind… gekaufte Drucke aus dem Internet." Sie tritt verlegen von einem Fuß auf den anderen. „Soll Kunst sein", fügt sie mit rotem Kopf dazu.

Dieser Schuss ins Blaue ging schief, gesteht Frank sich selbst ein. Doch einen Versuch hat er noch.

„Wie haben Sie Anton Ehrlichmann kennengelernt?"

Sie sieht ihn erstaunt an. Er selbst ertappt sich wiederum dabei, auf ihren BH zu starren. *Klein ist sie, aber attraktiv*. Plötzlich hat sie Tränen in den Augen, schluchzt. „Er war mein erster Mann", erklärt sie mit tränenerstickter Stimme. „Mein Herr. Nie hat mich jemand angesehen, doch er hat mich gleich *gesehen*." Sie sieht ihn jetzt mit Neugierde an, wischt sich die Tränen aus den Augen. Macht wieder einen tiefen Knicks. „Herr!", fügt sie an.

Frank wird klar, dass sich hier eine neue Dynamik entwickelt und einiges an Powerplay schlagartig in der Luft liegt. Irgendeine SM-Geschichte zwischen ihr und Ehrlichmann ist da abgelaufen, wird ihm klar. Sie sieht ihn an, wartet. Seine nächsten Worte werden alles entscheiden, glaubt er.

„Sie waren dabei bei den Morden?"

Sie weicht unwillkürlich einen Schritt zurück. „Den Morden?" fragt sie. Er erkennt, dass er mit juristisch korrekten Begriffen hier nicht weiterkommt. „Den Tötungen", stößt er widerwillig hervor und bringt es sogar fertig ihr zuzuzwinkern.

„Herr", beginnt sie. „Ich … ich habe ja nun keinen Herrn mehr. Wenn Ihr ein Freund von Anton, meinem Herrn seid, dann…", sie lässt das Ende des Satzes im Raum schweben.

„Anton kenne ich nur zu gut", gibt er mit einem Grinsen von sich. *Gelogen ist das ja nicht*, gesteht er sich zu.

Bleich geworden fällt sie auf die Knie. „Getötet hat er sie allein. Nur einmal, da habe ich weit weg gestanden, aber es mitbekommen", gibt sie zu und sieht wie ein Kind zu ihm auf, so wie sie da auf den Knien vor ihm kauert.

„Du bist der Engel. Der Engel, den er in einer der Botschaften erwähnt hat." Sie nickt. „Ja", haucht sie. „Ich war sein Engel, das hat er einmal zu mir gesagt." Sie schluckt. „Sein Engel in Ketten, wie er mich gern genannt hat."

Frank fühlt, wie ihm gleichzeitig heiß und kalt wird. Er hat es geschafft! Seine These von der Komplizin ist bewiesen. Nur durch sein Eindringen unter Vorspielung falscher Tatsachen wird das Geständnis im Plauderton juristisch wertlos.

„Hast du noch Sachen von Anton? Aufnahmen?" Das wäre der Jackpot, denkt er. Wer braucht ihr Geständnis, wenn sie Aufnahmen der gefolterten Opfer hätte. Schließlich hat Ehrlichmann die entführten Opfer tagelang gequält, bevor er sie in seinem Keller aufgehängt hat.

„J...ja", stottert sie. „Anton hat eine Festplatte hiergelassen, USB-Dings oder wie das heißt. Da sind Videos und Fotos drauf. Hat er alles gemacht und ein paar ich."

Er nickt. Das ist sein später Triumpf. Und das kurz vor der Pensionierung. Zwei Tage vorher, genau gesagt. Morgen muss er schon seine Polizeimarke, Dienstausweis und Waffe abgeben. Und heute ist der Tag, wo er eine Mörderin reinbringt.

Er nimmt sein Smartphone raus. Bleiben Sie wo Sie sind", sagt er. *Knien kann ja nicht schaden.* Ich rufe die Polizei. Meine Kollegen. Sie sieht ihn noch bleicher als vorher an. „Polizei? Sie sind... Polizist." Er nickt. „Kriminalobermeister Frank Reichelt." Er drückt auf die Hörertaste im Smartphone und sieht das Nummernfeld vor sich.

Da geschieht das Unerwartete. Die kniende Frau wirft sich nach vorn, so dass Frank vor Schreck einen Schritt zurücktritt. Doch ein Angriff ist nicht das, was sie machen will. Stattdessen kriecht sie auf ihn zu, den Kopf tief und das Hinterteil herausgestreckt und greift nach seinen Schuhen. Presst ihren Lippen auf das nicht ganz saubere Leder und leckt und küsst. „Bitte, bitte lieber Herr", winselt sie dazu. „Ich war doch auch seine Sklavin. Antons Sklavin. Ich habe auf ihn gehört und gemacht, was er gesagt hat." Sie sieht ihn mit tränenüberströmtem Gesicht an. „Ich … ich habe mit Anton endlich einen Herrn gefunden, der mich geführt hat. Ich habe mich schon immer nach Führung gesehnt!" Frank sieht sie verblüfft an, als es aus ihr nur so herausprudelt. „Kein Mann hat mich je angesehen. Erst Anton. Er war der Erste, der sich je für mich interessiert hat. Hat mir die Führung gegeben, die ich im Leben gebraucht habe." Die Frau kommt etwas hoch, hockt sich hin, indem sie auf Zehenspitzen auf ihren Hacken sitzt; die Beine breit. Sie schiebt sich Strumpfhose samt Slip herunter, die zusammengerollt auf ihren Oberschenkeln liegen. Schiebt sich das durchsichtige Oberteil hoch und zieht den BH so herunter, dass ihre Brüste von unten gestützt werden. Frank kann nicht anders, sein Blick wird von ihren plötzlich aufgerichteten Nippeln in recht großen Vorhöfen förmlich angezogen.

„Bitte Herr", winselt sie wieder. „Nehmt mich als eure Sklavin. Ruft nicht die Polizei, sondern bestraft mich selbst. Sperrt mich ein, kettet mich an, ich akzeptiere jede Strafe. Und Ihr könnt alles mit mir machen, Herr." Sie dreht sich um und wendet ihm zu seiner Verblüffung den Hintern zu. Geht mit dem Kopf wieder ganz runter und streckt den Po richtig raus mit durchgedrücktem Kreuz. Spreizt die Beine und, Strumpfhosen und Slip immer noch an den Oberschenkeln hängend, zieht sie sich die Hinterbacken auseinander, so dass er einen sauberen, kleinen Anus und die auseinandergezogene Muschi der Frau sieht.

„Er hätte mich doch umgebracht, wenn ich nicht das gemacht hätte, was er wollte." Ihr Kopf kommt etwas hoch und sie sieht den sprachlosen Polizisten an. „Er hat mich völlig kontrolliert. Ich tue doch alles, was mir ein Herr befiehlt. Mein Herr, ich bin ihm völlig ergeben." Sie schluchzt.

„Äh…", entfährt es Frank nur, etwas anderes fällt ihm dazu gerade nicht ein.

„Er hat mir befohlen, die Wohnung nicht mehr zu verlassen. Hat mich mit Essen versorgt und alle Rechnungen bezahlt. Bitte, ich habe mich doch schon selbst eingesperrt, auch nachdem er tot war."

Er fasst sich an die Augen, reibt sich über das Gesicht. Das ist eine Entwicklung, die er nicht erwartet hat. Aber es ändert natürlich nichts. Obwohl, für einen Augenblick nur, stellt er sich vor, wie es wäre, eine Frau wie sie als … Sklavin zu haben. Die ihm völlig ergeben ist und mit der er alles machen könne, was er wolle. Mit der er jede noch so exotische Stellung aus den Bondage-Magazinen durchspielen könnte und noch viel mehr.

„Sie… Sie waren in der Wohnung eingesperrt?" Sie nickt. „Seit drei Jahren schon war ich nicht mehr allein draußen. Nur wenn Anton mich mitgenommen hat."

„Zu den anderen Frauen? Er hat sie zu den anderen Frauen mitgenommen?" Weinend bestätigt sie.

„Es war furchtbar. Manche waren wie Schwestern für mich, doch er hat sie umgebracht."

Er schnauft. „Und Sie sind nicht mal auf die Idee gekommen, die Polizei zu rufen?"

Sie sieht ihn entsetzt an. „Ich war seine Sklavin, Herr. Außerdem durfte ich nicht raus und habe gar kein Telefon hier."

„Kein Handy?", fragt er nach.

„Kein Handy, kein Festnetz-Telefon, kein Fernsehen, kein Radio, keinen Computer, nichts. Das war mir alles verboten. Auch Zeitungen und Magazine." Er sieht sich in dem Wohnzimmer um. In der Tat ist nichts von diesen Dingen zu erkennen.

„Legt mir Handschellen an", fordert sie ihn auf und zieht sich immer noch so kauernd ihre Pobacken noch weiter auseinander. Ihre Finger ziehen ihre Schamlippen weit auf und er sieht das rosa Innere, die zarten inneren Lustlippen. In diesem Augenblick geschieht etwas. Er hat plötzlich seine Handschellen in der Hand, reißt ihre Hände auf den Rücken und fesselt sie damit. Sie jauchzt und er greift sie, zieht sie hoch. Ihr Kopf ist rot und sie sieht unsicher, aber auch hoffnungsvoll auf. „Ja Herr", jauchzt sie. Er drückt sie zum Sofa rüber, auf dem sie sofort kniet und ihm ihre Füße und den nackten Hintern entgegenstreckt, die Strumpfhose samt Slip jetzt in den Kniekehlen. „Was soll's", murmelt er. „Der Fall ist eh abgeschlossen." Er drückt ihren Oberkörper auf die Sofalehne und schlägt sie mit der flachen Hand mehrfach auf beide nackte Pobacken. „Du hast viele Striemen und Blutergüsse", stellt er fest, während seine Hand auf ihrer Muschi liegt. Sie schließt die Augen und genießt das Gefühl. „Ja Herr", schnurrt sie. „Eine Sklavin muss bestraft werden."

Seine Hand knallt noch mehrfach auf den nackten Hintern Elenas, die wohlig erschaudert. Im nächsten Augenblick hat er sein Glied befreit und massiert es, ihre jetzt feuchte Pussy anvisierend. „Du denkt du kommst davon, was, ohne Strafe? Ich werde dir beibringen, wie du bestraft wirst", schnauft er und versteht kaum den Sinn seiner eigenen Worte. Als nächstes findet er sein Glied in der hockenden Frau wieder, seine Hände um ihren Hals gepresst. „Du Hure, du atmest nur, wenn ich es will", schnauft er, eine Zeile aus irgendeinem SM-Video wiederholend, das er irgendwann einmal gesehen hat. Er fickt sie hart und sie schnauft, passt sich seinem Rhythmus an. Seine Hände finden ihre Brüste und kneten sie. Er nimmt ihre Brustwarzen und mit je zwei Fingern seiner Hand presst er ihre Nippel zusammen und streckt sie, während sie wimmert. Doch sie wirft sich ihm noch enthusiastischer entgegen. „Ja Herr, Ja", gurrt sie langgezogen, als er schließlich in ihr kommt.

Auf dem Sofa ist nicht viel Platz, aber als er eine Weile später daliegt, an die Frau geschmiegt, die ihre Strumpfhose und den Slip immer noch in den Kniekehlen hängen hat, da verdrängt die Realität langsam das matte, gute Gefühl nach dem Sex. Oh Gott, was hat er nur getan? Die Frau, die höchstwahrscheinlich eine Komplizin des Serienmörders ist, durchzuficken, war sicherlich nicht gerade ein Beispiel guter Polizeiarbeit. Seine Gedanken sind aufgewühlt, doch nach kurzer Zeit beruhigt er sich wieder. Der Fall ist abgeschlossen, ruft er sich in Erinnerung. Er wird in drei Tagen pensioniert und niemand glaubt an eine Komplizin. Er ist ja der Einzige, der davon geredet hat, dass dieser erwähnte „Engel" eine Komplizin sei und er war oft genug von den Kollegen dafür verlacht worden. Damit ist der Fall klar. Elena wird seine Freundin werden, wenn man das so sagen kann. Sie wird hier eingesperrt bleiben. Er wird Sicherheitskameras installieren, nimmt er sich vor. Er wird sie einschließen und versorgen, noch strikter, als es vorher schon Ehrlichmann gemacht hat. Sie wird nicht draußen herumrennen und ihr Mittäterwissen herausposaunen.

Er greift ihren Kopf und dreht ihn hart zu sich herum. Elena sieht ihn erschreckt an. „Du… du wirst mir gehorchen. Du wirst die Wohnung nie verlassen, ganz wie du gesagt hast. Ich werde dich versorgen, mich um alles kümmern." Für einen Augenblick stellt er sich vor, sie würde ihn jetzt auslachen. Dann säße er aber dermaßen in der Patsche, um es deutlich zu sagen. Doch zu seiner Erleichterung schlägt sie die Augen nieder und haucht ein devotes „Ja Herr, ich bin eure Sklavin." Dann lächelt sie ihn an, aber es ist ein sehr scheues Lächeln mit rotem Kopf. „Ich bin eure Gefangene, Herr." Sie lächelt jetzt warm und glücklich und schmiegt sich an ihn, den Kopf an seiner Brust.

Es ist eine Stunde später, als er sie nach den Fotos und Videos von den Morden fragt. Elena steht mit rotem Kopf auf und er sieht, dass sie zittert. Sie will sich ihre Strumpfhose mit dem Slip hochziehen, doch er hält ihre Hand fest. „Lass sie unten." Sie nickt und gibt das übliche „Ja Herr" von sich. Er guckt ihrem nackten Hintern mit seinen Striemen und Blutergüssen hinterher, als sie aus dem Zimmer geht. Für einen kurzen Augenblick wird ihm mulmig. Was, wenn sie jetzt mit einer Waffe zurückkäme? Ihn erschießen würde? Doch als Elena zurückkommt, trägt sie nur eine kleine, schwarze USB-Festplatte in den Händen. Sie lächelt ihn scheu an und geht zu einem Laptop-Computer, der auf einem kleinen Esstisch steht und den sie aufklappt. Kurze Zeit später ist der Computer bereit mit eingestecktem Laufwerk. „Herr, hier ist alles", erklärt sie vor dem Rechner sitzend. Sie steht auf und macht einen devoten Knicks, deutet auf den Schreibtischstuhl. Er setzt sich. Sie lässt sich neben ihm auf dem Boden nieder, die Beine elegant von sich gestreckt, sieht zu ihm auf. Immer noch hängt ihr die Strumpfhose in den Knien und sind ihre Brüste nackt, von unten vom heruntergeschobenen BH gestützt. Er sieht genießerisch auf die dargebotenen, nackten Brüste, ihre Oberschenkel und ihre Scham. Ertappt sich dabei, wie er ihren Kopf krault. Sie lächelt ihn an. Doch sie ist nervös. „Bitte verurteilt mich nicht, Herr, wenn Ihr das Material seht." Wieder beginnt sie zu schluchzen. Ist sie eine so gute Schauspielerin oder ist die Verzweiflung echt, fragt er sich. „Ich war seine Sklavin, ich habe machen müssen, was er mir gesagt hat", fügt sie mit gesenktem Kopf hinzu. Er tätschelt ihre nackten Brüste und wundert sich dabei über sich selbst. „Schon gut, schon gut", murmelt er und klickt auf das erste Foto.

Es zeigt eine junge, blonde Frau mit kurzen Haaren, die ein gerötetes Gesicht hat und tränenschwer in die Kamera schaut. Man sieht ihre Brüste darunter und … es sind Wäscheklammern auf ihre Brustwarzen gesetzt. „Das sieht aus wie Claudia Müller, das erste Opfer. Man hat sie später erhängt gefunden, nackt und …", ihm versagt die Stimme, als er an die dunkelblaue Spur am Hals der Toten denkt. Ihm fällt auf, dass der Dateiname des Bildes F01ANF lautet mit dem üblichen Datentyp dahinter. Ein Eingangsfoto? Er bekommt eine Gänsehaut, als er sieht, dass es noch eine Datei F01END gibt. Oh Gott, denkt er, hat er ein Eingangs- und ein Ausgangsfoto gemacht? So als sei er eine gottverdammte Klinik, oder was? „Das darf doch nicht wahr sein", stößt er hervor und klickt auf das F01END-Bild. Und dann schreckt er so vor dem zurück, was er auf dem Monitor sieht, dass sein Bürostuhl zurückrollt.

Claudia Müller füllt wieder das Bild aus. Nur diesmal als Leiche. Sie baumelt in diesem Ganzkörperfoto von der Decke; nackt. Abgesehen von Strümpfen und Strapsen, was dem Ganzen ein gruseliges Fetischniveau gibt. Der Knoten ist an ihrer linken

Halsseite und ihr Gesicht grau, ihre Zunge hängt heraus. Ein Stuhl liegt umgeworfen neben ihren regungslosen Füßen. Ob sie wirklich schon tot war, als der Mörder das Foto gemacht hat, ist unklar, schließlich wird bei dieser Art der Erhängung nicht das Genick gebrochen und das Eintreten des Todes dauert sehr lange. Er schnauft und zieht das Laufwerk ab, steckt es in die Hemdtasche.

„Habt ihr das Zu-Tode-Foltern bei den anderen auch noch aufgenommen?" Er schreit fast und Elena zu seinen Füßen nickt devot. Frank schüttelt den Kopf. Er hätte sich nie darauf einlassen sollen. Hätte sie melden sollen. Er schließt die Augen, atmet tief durch. Doch jetzt ist es vorbei. Der Fall ist abgeschlossen und… wenn er diese Frau kontrollieren kann, dann kann er ihr die Strafe geben, die sie verdient.

Er sieht sie an. „Elena…", beginnt er mit strengem Tonfall.

Stunden später verlässt er die Wohnung. Es wird schon dunkel. Er hofft, dass er soweit alles geregelt hat. In einem Nebenzimmer hat ihm Elena das „Spielzimmer" gezeigt. Hier ist nie einem der Opfer etwas angetan worden. Das hat alles nur im Haus von Ehrlichmann stattgefunden. Das hat ihm Elena geschworen und beim Grobdurchsehen der Folterdokumentation hat sich das bestätigt. Soweit er erkennen konnte, wo die Aufnahmen gemacht worden sind in den schrecklichen Videos und Fotos, war es das einsame Einfamilienhaus Ehrlichmanns. Sein Keller genau gesagt. Die beiden Kellerräume, in denen die Frauen jeweils gefangen gehalten, gefoltert und am Ende erhängt worden sind. Das Spielzimmer in Elenas Wohnung war folglich nur für sie. „Für meine Bestrafungen", wie sie devot erzählt hat.

Jedenfalls gibt es dort einen ziemlich großen Käfig. In diesem hockt jetzt Elena. Die Frau kann sich sogar fast ausstrecken, wenn sie drinsitzt. Jedenfalls, indem sie ihre Beine durch die Gitterstäbe schiebt. Sie kann nicht richtig liegen und sich von der Höhe her nur hinhocken. Aber das, denkt er grimmig, ist jetzt ihr Problem. Sie hat zugestimmt, seine Gefangene in der Wohnung zu sein. Er wird sie versorgen. Bis auf weiteres wird sie mit einem Nachttopf und einer Wasserflasche im Käfig sitzen. Sie muss ihm zeigen, dass sie brav ist, wenn er nicht da ist. Das hat er ihr gesagt.

Jetzt ist er auf dem Weg in den Baumarkt, um Kameras zu kaufen. Er hat ihr zu verstehen gegeben, dass er das Arrangement, das sie mit Ehrlichmann hatte, fortführen wird. Dass sie sich am Ende, wenn sie einmal sein Vertrauen hat, frei in der Wohnung bewegen kann. Aber sie wird kameraüberwacht sein, die Wohnungstür wird abgeschlossen sein und sie wird keinen Schlüssel dafür haben.

Als er am nächsten Tag die Wohnung aufschließt, klopft ihm das Herz. Doch alles ist völlig ruhig. Er geht in das Strafzimmer und sieht, dass Elena nur mit dem Nachthemd bekleidet, das er ihr gestern erlaubt hat, im Käfig hockt. Ihre nackten Füße sind vorne durch die Gitterstäbe des Käfigs gesteckt und erregen ihn. Er sagt nicht viel, als er den Käfig aufschließt. Sie kriecht heraus und bittet um Erlaubnis, ihre Toilette machen zu können. Er nickt nur.

Als sie eine Dreiviertelstunde später herauskommt, ist sie nackt, bis auf halterlose, leicht bräunliche Damenstrümpfe. Sie hat einen traurigen oder eher unterwürfigen Gesichtsausdruck aufgesetzt und trägt eine Pferdepeitsche in ihren Händen. Nicht etwa einfach so getragen, sondern sie hat beide Handflächen vor ihrer nackten Brust ausgestreckt, als seien sie ein Tablett und balanciert darauf die Peitsche, ohne sie richtig anzufassen. Frank kommt das bekannt vor. Irgendein Hollywood-Film, der sich mit SM befasst hat, hat das so gezeigt. Glaubt er jedenfalls. „Elena…?", beginnt er eine verwirrte Frage, doch die Frau geht vor ihm geschmeidig in die Knie, die Peitsche immer noch präsentierend. „Bitte Herr, ich brauche die Peitsche. Ich muss eure Führung spüren." Sie hat Tränen in den Augen. „Sonst habe ich das Gefühl, als ob ich mich auflöse, wie Blätter im Wind."

Zögernd steht er auf, atmet tief durch. Er kann es selbst kaum glauben, aber es läuft alles wie ein Film ab. Er beugt sich runter, drückt ihren Kopf mit seiner Hand in ihrem Nacken auf den Boden. So kniet sie da, mit dem Kopf unten. Er streicht ihr über die verblüffend großen Pobacken, die sich ihm nackt präsentieren und die wütenden Narben und Striemen, die Blutergüsse, das alles erscheint ihm plötzlich wie eine eigenartige Poesie, die da mit ihren Schreien auf die Haut geschrieben worden ist. Eine Symphonie der Schreie, ein Potpourri aus Schreien, Strampeln und Lust.

Er schwingt die Peitsche. Eine Pferdepeitsche ist das, denkt er. Dann holt er aus und sie saust durch die Luft und trifft laut auf die nackte Haut. Sie schreit kaum, er hat seinen Fuß in ihrem Genick und wieder und wieder schlägt er zu. Er genießt den Anblick ihrer Fußsohlen, wie sie zart unter dem nackten und jetzt rot gestriemten Hintern hervorschauen. Er schlägt und schlägt, doch dann ist es genug. Er hilft ihr hoch, streicht zart über den malträtierten Hintern und sie zieht die Luft zwischen den Zähnen ein, so sehr schmerzt selbst diese leichte Berührung. „Wir müssen das behandeln", erklärt er reuig. „Später", haucht sie mit glücklichem, aber tränennassen Gesicht. Sie wirft ihm einen vielsagenden Blick zu und setzt sich aufs Sofa. Dann stemmt sie ihre Beine hoch, spreizt sie und hat plötzlich ihre Hände unter ihrem Hintern, den sie so hochhält. Ihre Füße spreizen sich nach hinten elegant zur Sofalehne weg. Sie hält sie ganz gestreckt, nicht etwa angewinkelt. Wie die Bondage-Modelle, wird ihm klar. Es sieht sehr graziös aus. Ob er sie so nehmen soll? Doch sieh sieht auf die Peitsche in seiner Hand. „Meine Muschi", stößt sie schwer atmend hervor. Blicke, die mehr als Worte sagen. Unsicher sieht er auf die Peitsche. „Aber...", beginnt er. Will ihr erklären, dass er sich Sorgen macht, dass das harte Flechtgewebe der Peitsche ihr zartes Intimfleisch zerstört. Ja, förmlich davonfliegen lässt. „Bitte Herr, ganz vorsichtig", schluchzt sie. Er tritt näher. Beugt sich herunter, drückt einen zarten Kuss auf ihre nasse Weiblichkeit. Dann kommt die Peitsche. Ganz vorsichtig lässt er die Spitze heruntersausen und ihr Schrei gellt durch die Wohnung. „Verdammt, wir brauchen einen Knebel", brummt er.

Eine Symphonie aus dem Strampeln der langen, bestrumpften Beine. Verblüffend lang für eine so kleine, zierliche Frau. Ein schmerzverzerrtes Gesicht, verweintes Makeup. Falsche, lange Augenlieder, die vor Schmerz klimpern. „Schlag mich, schlag mich", fordert sie immer wieder. „Ich bin nur Fleisch. Nur Fleisch", kreischt sie, während er die Peitschenspitze nur ganz vorsichtig heruntersausen lässt in diese zarte Weiblichkeit, wo sie aber bereits genug anrichtet. „Es schwill an", sagt er und wirft die Peitsche weg. „Nur Fleisch!", wiederholt sie und sieht ihn mit tränenschwerem Blick an. „Nein", widerspricht er ihr. „Du bist mehr. So viel mehr." Mit Schrecken stellt er fest, dass er dabei ist, sich zu verlieben und er weiß, dass das grundfalsch ist. Doch sie spreizt die Beine noch weiter und was da geschwollen ist, es öffnet sich und bietet sich ihm dar. Er nimmt es. Und wie er sie nimmt. „Für dich bin ich immer da", schluchzt sie. Er hat ihr kleines Gesicht in seinen Händen, drückt ihre Wangen, verformt ihr Gesicht in diesem Augenblick, erzwingt einen Kussmund mit seinen tastenden, wütenden Händen. Will sie ganz kontrollieren und führen. Und er ist in ihr und kommt in ihr, das Gesicht haltend und seinen Blick in ihren brennend, als wolle er sie ein für alle mal kontrollieren. Er kommt und sie stöhnt wohlig, als er sich aus ihr zurückzieht. Schwer plumpst er in einen Sessel. Sie hat die Augen geschlossen und lächelt. „Danke Herr", haucht sie. Dann lässt sie sich geschmeidig auf Knien vor ihm nieder. „Was?", fragt er unwissend. Doch dann nimmt sie seine erschlaffte Männlichkeit und macht das, worauf sie trainiert worden ist. Sie schleckt. „Was das untere Ende einer Sklavin dreckig macht, muss das obere Ende wieder sauber machen", gluckst sie und sieht dabei fröhlich aus.

Zwei Tage später ist seine Pensionsfeier. Alle wundern sich etwas, wie sehr er neben sich steht. In dem Kneipenhinterzimmer, in dem das stattfindet, interessieren ihn Bier und Wein nicht so sehr. Immer wieder denkt er an seine Sklavin, die in ihrer Wohnung im Käfig eingesperrt ist. So steht er in der Ecke des kleinen Saales herum und hat das Handy mit der Kamera-App in der Hand, das ihm gerade ein Livebild von dem Käfig zeigt. Er sieht, wie Elena auf der Seite mit angezogenen Beinen liegt und ihren nicht grade kleinen Hintern gegen die Gitterstäbe in Richtung Kamera presst.

Wirklich ein kapitaler Hintern, denkt er und fragt sich, welche der sichtbaren Striemen jetzt von ihm sind. *Na ja, die Frischeren. Das ist doch klar*, denkt er genau in dem Augenblick, als Thorsten neben in tritt. „Sag mal, Handy gucken und deine eigene Pensionsfeier ignorieren?" Sein Kollege wirkt leicht verschnupft und versucht einen Blick auf den Handybildschirm zu erhaschen. Frank bekommt einen roten Kopf. *Das wäre was, wenn er sehen würde, dass ich mir live eine nackte Frau im Käfig angucke. Nackt mit Strümpfen und heute auch Strapsen.* „Oh nichts, nur dringende Börsenkurse." Thorsten schüttelt den Kopf. „Börsenkurse?", äfft ihn der dicke Klaus nach. „Börsenkurse? Hast du genug verdient, um Geld anzulegen?" Alle gackern, insbesondere als Klaus ein „oder machen wir anderen was falsch?" hinzufügt und dazu eine Geste macht, als würde er ein Kuvert in die Jacke stecken. „Börsenkurse?", fragt ein anderer Kollege. Der junge neue, dessen Namen Frank immer wieder vergisst. „War da nicht ein nackter Hintern auf dem Bildschirm?" Frank wird endgültig rot, als alle zu gackern anfangen. Schnell steckt er das Handy in die Hosentasche. Mit halber Panik denkt Frank schon, der Neue hätte wirklich etwas gesehen. „War nur ein Witz, Frank", fügt der hinzu.

Später entschuldigt sich Frank und geht auf die Toilette. Wieder lässt er das Bild der nackten Elena im Käfig auf dem Bildschirm erscheinen. Jetzt strampelt sie mit ihren bestrumpften Füßen, sieht er. Sie dreht sich mühevoll in dem kleinen Käfig um und – winkt und lächelt ihm zu. Da geht ihm das Herz auf. Aber andererseits schämt er sich auch, die junge Frau so gnadenlos eingesperrt zu haben. Wie ein Tier oder noch schlimmer, denn bei Tieren achtet man üblicherweise auf genügend Bewegungsfreiheit.

Als er des Abends nach Hause kommt, fährt er schon nach wenigen Minuten weiter zu Elenas Wohnung. Er öffnet den Käfig. Erst da wird sie wach. „Hallo mein Herr", murmelt sie schläfrig. „Raus aus dem Käfig, auf alle Viere!", kommandiert er, einer inneren Stimme folgend.

Sie kriecht langsam aus dem Käfig und er merkt, wie sehr ihre Muskeln schmerzen. Sie verzieht das Gesicht und gibt ein paar Schmerzlaute von sich, darunter viele „Aua", die er richtig kindlich niedlich findet. „Ich bin im Wohnzimmer noch mal die Videos von Ehrlichmann ansehen", erklärt er und geht. „Komm hinterhergekrochen", ruft er ihr noch zu. „Ja Herr", wimmert sie mehr, als dass sie es sagt.

Er klickt auf eine Datei. Von Rosa, dem dritten Opfer Ehrlichmanns, die sich auch Rose nannte. Schnell muss er schlucken, als das Video startet. Rosa, eine Punkerin, die aus der einschlägigen städtischen Szene verschwunden war, ist an die Wand gekettet. Frank glaubt, die Ecke im Folterkeller in Ehrlichmanns Heim wiederzuerkennen. Sie lässt noch ihre alte Punkfrisur erkennen, die Ehrlichmann ihr gelassen hat. Einen nur mit lila gefärbten Stoppeln bedeckten Kopf und einen roten Irokesenkamm. Ihr vorher reichliches Makeup ist verschmiert. Die blauen Verfärbungen unter ihren Augen, die von ihren Tränen gezeichnet worden sind, sehen erbarmungswürdig aus. Sie scheint zu schlafen und auch die Kamera nicht wahrzunehmen. Hat sie Ehrlichmann selbst gefilmt oder ist Elena hinter der Kamera?

Das klärt sich auf, als eine auf allen Vieren kriechende Elena ins Bild kommt. Sie lächelt scheu in die Kamera, aber man sieht, dass auch sie ein tränenverschmiertes Gesicht hat und Blut am rechten Mundwinkel. Außer Strümpfen und Strapsen trägt sie nichts am Leib. In der neuen Kameraeinstellung sieht man, dass Rosa die Hände hinter dem Rücken gefesselt hat und sie ein stählerner Halskragen an die Wand gekettet hält. Frank erinnert sich, zahlreiche stählerne Fesselutensilien in Ehrlichmanns Wohnung gesehen zu haben. Wofür dieser eine Menge Geld ausgegeben haben muss. „Geh näher ran" ist die Stimme Ehrlichmanns im Video zu hören. Gebannt, aber auch mit Schuldgefühlen, sieht er weiter zu. Beide Frauen haben jetzt im Video die Köpfe dicht beieinander. Rosas hängt allerdings immer noch schlaff herunter, ihre Augen sind jetzt etwas offen, wie er sieht. Will sie Bewusstlosigkeit vortäuschen oder ist sie ob der zahlreichen Misshandlungen einfach völlig apathisch geworden? „Lächele!" fordert Ehrlichmann im Film, der offenbar Vergnügen dabei empfindet, die beiden Frauen miteinander zu vergleichen. Elena im Video sieht scheu in die Kamera und setzt ein unechtes Lächeln auf, ihren Kopf dicht an dem der Punkerin. „Küss sie!" kommandiert Ehrlichmann.

In diesem Augenblick sieht Frank, wie Elena zu ihm ins Zimmer kommt und auf den Schreibtisch zukriecht, an dem er sitzt und sich das Video ansieht. Beide Elenas, die im Video und die wirkliche, tragen nichts außer Strümpfen und Strapsen. Eine unangenehme Stimme in seinem Inneren scheint ihm nahezulegen, dass der Unterschied zwischen ihm und dem Mörder nicht so groß ist, wie man annehmen sollte. Doch er wischt den Gedanken beiseite.

„Elena, komm hierher", kommandiert er.

„Elena, küss unsere Gefangene", kommandiert Ehrlichmann.

Frank sieht, wie ihn die auf allen Vieren kriechende Frau erreicht hat. Zu seiner Verblüffung beginnt sie, seine Lederschuhe abzuküssen und sogar daran herumzulecken. „Lass das, das ist unhygienisch", beschwert sich Frank.

Die Video-Elena hat unterdessen den Kopf der apathischen Punkerin zu sich herumgedreht und beginnt mit ihr einen langen Zungenkuss auszustoßen, eine Hand unter ihrem Kinn. Elena geht dabei so vor, dass man immer wieder ihre Zunge sieht, wie sie im Mund der Punkerin verschwindet, die apathisch alles über sich ergehen lässt. Frank vermutet, dass das Opfer an dieser Stelle längst weiß, dass sie in den Händen des gefürchteten Serienmörders der Stadt ist und allen Lebenswillen und alle Hoffnung verloren hat.

Frank greift herunter und zieht den Kopf Elenas zu sich hoch. Die richtet ihren Blick automatisch auf seinen Schritt. Ehe er sich's versieht, hat sie seinen Hosenstall geöffnet.

„So is'es gut, Elena", schnurrt Frank, als sie seine Männlichkeit herausholt. Ehrlichmann im Video lässt unterdessen die Kamera etwas wackeln, als die Video-Elena und das gefilmte Opfer immer noch einen langen Zungenkuss austauschen und Elena dabei mehrfach ihren Kopf bewegt und die Wangen der Punkerin streichelt.

„So is'es gut, Elena", lobt Ehrlichmann. Frank reißt die Augen auf. Das war wie ein Echo seines eigenen Lobes an Elena eben grade. Schnell schaltet er das Video aus. Elena arbeitet unterdessen härter mit ihrem Kopf da unten, merkt sie doch, dass ihr neuer Herr und Meister plötzlich erschlafft ist. Frank zieht sich aus ihr zurück und gibt der Knienden eine leichte Ohrfeige. „Aufhören!" Elena nickt, sieht zu Boden und nickt, vom üblichen „Ja Herr" begleitet.

„Diese Rosa, die Dritte, die Punkerin. Erinnerst du dich noch?"
Elena nickt.

„Sie war ertrunken. Wir haben aber nie herausgefunden wie. Hier ist auch keines seiner End-Videos, wie er sie sonst von jedem Opfer hat." Elena nickt, mit rotem Kopf und den Blick kniend auf den Teppich gerichtet. „Er hat sie ertränkt, Herr. Ertränkt."

„Wo? In der Badewanne? Wir hatten das vermutet…"

„Ja Herr", antwortet Elena devot. Frank lässt seine Faust so hart auf die Tischplatte sausen, dass der Laptopcomputer einen Satz macht.

„Und wieso? Gab es irgendeinen konkreten Anlass oder habt ihr sie einfach so aus einer Laune heraus umgebracht?"

Elena schluckt und sieht zu Boden. „Albert mein Herr hat das entschieden, Herr. Er war an dem Tag schlecht gelaunt. Die Presse hatte von seiner letzten Botschaft, die er an die Polizei geschickt hatte, noch nichts berichtet. Obwohl Tage vergangen waren."

Frank nickt. Natürlich wurde so etwas manchmal zurückgehalten.

Frank steht auf und schnauft. Die nackte Frau bleibt vor dem Stuhl hocken, auf dem er eben saß, dreht sich aber zu ihm um und ist sichtlich nervös, als sie den ehemaligen Polizisten seine wütenden Runden im Zimmer drehen sieht.

„Bitte vergebt mir, Herr", stammelt sie. Da dreht sich Frank auf dem Absatz um und seine Augen scheinen sich in ihr Hirn zu bohren, das Gefühl hat sie.

„Wie habt ihr sie denn die Wanne gekriegt? Das geht doch so einfach nicht! Du warst doch dabei, du kleine Mörderhure, oder?"

Verblüffenderweise kriecht Elena jetzt zu ihm hin, immer noch auf allen Vieren, den Kopf gesenkt. Greift nach seinen Fußgelenken, sieht mit tränenschweren Augen zu ihm auf, während ihr die Tränen über die Wangen kullern. „Vergebt mir Herr, vergebt mir. Ich musste doch machen, was er mir aufgetragen hat. Ich durfte doch nichts entscheiden." Sie sieht mit einem Kaninchenblick zu ihm auf, dass er sich fragt, ob das echt oder einstudiert ist. Ihm wird klar, dass sie eine perfekte Schauspielerin sein muss, wenn das nicht echt ist. Da gibt er ihr einen leichten Tritt, so dass sie mit einem Aufschrei nach hinten wegfällt. Sie kriecht etwas rückwärts und sieht ihn erschreckt an. Doch bevor Frank noch etwas sagen kann, ändert sie ihre Stellung. Sie spreizt ihre Beine weit, hat ihre Füße unter dem Hintern und den Oberkörper zurückgelehnt, den Kopf angehoben und zieht sich mit den Händen die Schamlippen auseinander. Ihr rotes, verheultes Gesicht sieht ihn an.

„Bitte, bitte Gnade, Herr", stammelt sie. *Großartig*, denkt er sarkastisch. *Jetzt bist du als ihr furchterregender Herr und Meister voll und ganz in die Fußstapfen von Ehrlichmann getreten.* Sein blick heftet sich auf das rosa Innere der Scham, die ihm dargeboten wird. Er versteht, dass das eine klassische Demutsgeste einer Sklavin gegenüber ihrem Herrn ist. Sicher hat sie solch eine Geste gegenüber Ehrlichmann auch schon gemacht. Es soll wohl bedeuten: Hier, nimm mich, nagele mich durch, anstatt mich zu töten oder zu verletzen.

Er atmet tief durch, beruhigt sich. Nimmt sich einen Stuhl und stellt ihn direkt vor sie hin. Sie ist immer noch in dieser Demutshaltung, die Scham weit auseinandergezogen mit ihren Fingern.

„Bleib so und erzähl mir die Wahrheit", befiehlt er ruhig.

„Ja Herr", kommt es unterwürfig zurück.

„Sie... sie wurde gefesselt, damit sie sich nicht bewegen kann. Ganz ausgestreckt."

„Von wem?", fragt er schneidend.

„Von Albert. Ich m-meine meinem Herrn. Alten Herrn."

Er nickt. „Und wer ist dein neuer Herr?"

Sie scheint sich die Lustlippen noch weiter auseinanderzuziehen. „Ihr seid das, Herr."

Er nickt. „Nun gut. Wie ging es weiter?"

„W… wir… also mein Herr an ihren Schultern und ich an den Füßen. Sie war schwer, Herr. So haben wir sie getragen bis ins untere Bad."

Frank schließt die Augen. Stellt sich vor, welch große Angst Rosa gehabt haben muss, als sie so transportiert wurde.

„Die Treppe hoch? Bis ins Erdgeschossbad in die Badewanne?"

Elena nickt nur.

„Aber das kann doch nicht einfach gewesen sein. Du bist doch nicht grade eine Gewichtheberin, zierlich wie du bist. Und Rosa war nicht so leicht."

„Richtig, Herr", gibt Elena kaum hörbar von sich. „Rose… Rosa… sie hat sich auf der Treppe wehgetan. Mehrfach geschrien als ihr Hintern…"

„Ruhe!", schreit er. Es reicht ihm. Sich vorzustellen, wie sie da ängstlich herumgetragen wurde, geknebelt vermutlich auch noch, das ist mehr, als er ertragen kann. Und dann, als es ins Badezimmer ging und sie die Badewanne gesehen hat.

Er macht eine wegwerfende Handbewegung. „Lassen wir das. Kriech ins Strafzimmer, auf allen Vieren. Hol Fesseln. Seile. Und bring sie ins Badezimmer."

Jetzt stemmt sie ihren Oberkörper hoch und sieht ihn mit offenstehendem Mund an. „N…nein bitte Herr. Bitte Gnade", winselt sie. „B…bitte tötet mich nicht."

Er steht auf, stellt sich breitbeinig übe die immer noch in Demutshaltung liegende oder eher hockende Frau.

„Dein Leben ist in meiner Hand. Führe meine Befehle aus."

„Ja Herr", ist von ihr zu hören und sie robbt sich rückwärts weg, um unter seinem strengen Blick auf allen Vieren das Zimmer zu verlassen.

Im Bad hockt sie zitternd da, auf ihren Hacken sitzend, die Beine weit gespreizt und den Kopf gesenkt. „Bitte, bitte, nicht", fehlt sie.

Mit grimmigem Gesicht lässt er Badewasser einlaufen. Dreht die Mischbatterie so auf, dass es angenehm warm wird. Sie sieht entsetzt auf die sich sehr langsam füllende Wanne. Ihr Gesicht wird bleich. „Gib mir die Seile", kommandiert er. Da lässt sie sich noch vorn fallen und küsst ihm die Füße. Seine Schuhe hat er mittlerweile ausgezogen.

„Bitte, bitte ersäuft mich nicht, gnädiger Herr."

Er erschaudert. Das ist doch den SM etwas weit getrieben findet er. Eigentlich, überlegt er, hätte ihr das Mischen des Wassers schon ein Hinweis sein können, dass er ihr nichts antun will. Sonst hätte er wohl einfach kaltes Wasser genommen. Er vermutet jedenfalls, dass es echten Mördern nicht darum geht, ihren Opfern den Schock des kalten Wassers zu ersparen.

„Wie habt ihr sie ertränkt? Mit kaltem Wasser?" Sie antwortet wie immer mit einem „Ja Herr". Er grinst nur, sagt aber nichts.

„Dic Scilc. Und steh auf. Deine Demutshaltung wird dir nichts nutzen." Zitternd steht sie auf und sieht stirnrunzelnd auf das steigende Wasser in der Wanne. Sie scheint zu verstehen, was er meint und wirkt etwas weniger niedergeschlagen. „Dann wollen wir dich mal fesseln. Die Fesseln sollen sich ja bei Nässe noch fester ziehen." *Jedenfalls wenn sie hinterher trocknen. Habe ich jedenfalls mal irgendwo in einem Bondage-Magazin gelesen,* fügt er gedanklich hinzu.

Es ist wirklich nicht einfach, eine japanische Shibari-Fesselung hinzukriegen. Das sind diese, wo die Frau so schön eine Art Wams aus Fesseln trägt, oder sie zumindest um die Brüste herum laufen, diese meist geil hervorpressen und auch noch im Schritt verschwinden, wo das fiese Schrittseil oft ordentlich einschneidet. Er hat es irgendwie geschafft, aber es sieht schon ein wenig loser und schiefer aus als es bei den japanischen Bondage-Meistern der Fall ist, das muss er zugeben. „Lass uns noch mal was um die Titten wickeln", murmelt er und macht eine zweite und dritte Umrundung um die rechte Brust Elenas, mit einem dünneren Seil, das er wiederum an der ursprünglichen Brustumwicklung befestigt. Am Ende murrt sie, als die Brust richtig herausgequetscht wird und jetzt geil absteht. Sie hat sich hübsch prall verformt und wird leicht lila, wie er merkt. Spielerisch küsst er ihren Nippel und saugt daran. Die Gefesselte schließt die Augen und stöhnt. Das gefällt ihr offensichtlich.

„Im Gegensatz zu deinem alten Herrn, diesem verdammten Ehrlichmann, werde ich eine so hübsche Titte nicht mitsamt ihrer Trägerin ersäufen", stellt er fest und sie sieht ihn mit großen Augen an. Dann nickt sie beruhigt. Doch er schämt sich sofort für seine eigenen Worte, sich mit dieser Formulierung mit dem Serienmörder in einen Topf zu werfen.

Er sieht, dass das Wasser erst etwa ein Drittel der Wanne füllt. „Rein mit dir", grinst er und wenn sie auch murrt, so hockt sie alsbald in der Wanne. Wieder grinst er. „Leg dich auf den Bauch, dann kannst du den Kopf problemlos über Wasser halten." Sie sieht ihn entsetzt an. „Nein bitte Gnade", jammert sie, doch er drückt sie runter und daraufhin liegt sie in der Wanne, ihre Brüste drücken auf den Wannenboden und sie muss den Kopf in den Nacken legen, damit ihr Kinn grade so über der Wasserlinie ist. Er sieht wieder die Angst in ihren Augen. Sicher glaubt sie ihm, dass sie nicht ertränkt werden soll. Aber da sie selbst ja an der Ermordung der Punkerin Rosa durch Ertränken beteiligt war, ist ihr natürlich mulmig.

Die Wanne ist nicht lang genug, um ausgestreckt dazuliegen. Ihre Füßen gucken keck über den Wannenrand. Während das Wasser noch weiter einläuft, streichelt er ihre Fußsohlen. „Zartes Reh", schnarrt er und stellt fest, dass ihn das erregt. „Wo so nackte Frauenfüße alles mit der Trulla darüber hinlaufen", schnarrt er. „Sogar zum größten Unsinn wie dem Ertränken von unschuldigen Frauen." Er streichelt ihre Fußsohlen, küsst sie aus einer Eingebung heraus. „Wirklich niedlich, dein Verbrecherinnenfuß", lacht er und kitzelt sie an der Fußsohle. Da sie die ganze Zeit mühevoll den Kopf über Wasser hält, verschluckt sie sich jetzt. Das Wasser steht ihr schon bis über die Nase. Nur durch krampfhaftes Anheben des Kopfes kann sie dem entkommen.

„Bitte Gnade", jammert sie wieder und er verpasst ihr einen heftigen Schlag auf ihre rechte Pobacke, die gut nass ist, was ein lautes Klatsches produziert. Er zerrt spielerisch an dem Schrittseil, das zwischen ihren Schamlippen verschwindet und tief einschneidet.

„Mach dir keine Sorgen, du hast einen guten Herrn, nicht so einen Lumpen wie deinen Letzten." Er klappt ihre Beine hoch und windet ein Seil mehrfach um ihre Fußgelenke. Danach lässt er es mehrfach durch die Mitte gehen, damit ihre Fußgelenke wie in einer Acht stramm gefesselt sind. „Bitte Herr, das Wasser", fleht Elena, denn es strömt immer noch voll aufgedreht in die Wanne. Sie kommt mit dem Mund wieder ins Wasser und röchelt und spuckt Wasser. „Ja, nicht so angenehm, das Schlucken, was?" Dann tut ihm die Bemerkung sofort leid. „Aber wir machen dir jetzt einen schönen *Hogtie* und halten dir dabei auch den Kopf über Wasser." Grinsend sieht er auf ihre nackten Pobacken und die ordentlich auf dem Rücken über Kreuz gefesselten Hände, mit denen sie hilflose Bewegungen macht. „Na, willst du abheben?", fragt er sarkastisch und drückt ihr kurz die Hände. Dann hat er im Nu ein Seil von ihren über Kreuz hübsch aneinandergefesselten Fußgelenken bis zu den an ihr Beckenseil gefesselten Händen gezogen, lässt es dort hindurchlaufen und hält es mit einer Hand fest, während er ihr schnell ein zweites Seil mehrfach um den Hals wickelt, was sie husten und stöhnen lässt. Ihre Augen sind voller Panik und rot geworden, als sie den Zug des Seiles fühlt. Schnell verbindet er das lange Seil, das von den Füßen kommt und unter dem Beckengurt durchläuft, mit dem Halsseil, indem er es dort durchzieht. Er zieht es immer strammer mit seiner Linken an ihrem Hals, wobei er sie dort hochdrückt, ihrem Husten und Prusten zum Trotz. Aber wenigstens ist sie jetzt mit dem Kopf aus dem Wasser. Mit seiner Rechten zieht er das Seil stramm und zwingt sie so, typisch für diese Fesselung, ihr Kreuz stark durchzudrücken. Ihre gefesselten, über Kreuz liegenden Fußgelenke mit den nackten, hilflos wackelnden Füßen, sind jetzt recht nah am Kopf, genau auf Höhe der auf dem Rücken gefesselten Hände. Hände, die natürlich am Rücken anliegen. Im Gegensatz zu ihren nackten Füßen, die oben sogar noch über der Höhe des durch die Halsfesselung hochgezogenen Kopfes herumwackeln.

„H... hilfe", stottert sie, kann aber wegen dem Zug auf ihrem Hals kaum reden. Er tritt zurück und lacht. „Na, nun musst du den Kopf schön hochhalten und dich zwingen, den Rücken durchzudrücken. Nur dass deine Beine immer wieder runter wollen." Elena kann nicht antworten, sondern hustet immer nur, während das Wasser jetzt trotz ihres angehobenen Kinns gerade ihr Kinn überschreitet und sich ihrer Unterlippe nähert.

Er lacht und hebt ihr Kinn noch weiter an. Sie röchelt und er sieht ihr tief in die verzweifelten, roten Augen. Dann küsst er sie und seine Zunge dringt tief in ihren Mund ein, während er das Wasser abstellt und dann mit der Hand zwischen ihre Beine geht. Er reibt ihre geschwollenen Schamlippen, die rechts und links neben dem Schrittseil hervorquellen und ihre Augen werden weit und sie verzieht das Gesicht. Offensichtlich tut ihr das weh.

Dann öffnet er ihren Mund mit der Linken und küsst sie, tief mit seiner Zunge eindringend. Er zieht mit der Rechten an ihrem Schrittseil, was sie aufschreien lässt. „Ja, das geht richtig tief rein, gell?", lacht er zu ihrem Stöhnen.

„Oh ja Herr", bringt sie fertig zu stöhnen. „Nicht aufhören", gibt sie zu seiner Verblüffung dazu. „Nicht aufhören, bestraft mich." Das ist der Moment, an dem er sich ärgert, dass eine im Hogtie in einer Wanne gefesselte Sklavin so sehr vor jedweder Art von Penetration gefeit ist. Er seufzt. „Jetzt lassen wir das Wasser ab und sehen zu, wie deine Fesseln enger werden", gibt er von sich. „Oh nein", haucht sie und hustet. Wenigstens das Vergnügen will er haben. Er lässt das Wasser ablaufen und beobachtet das Herumflattern ihrer nackten Füße.

Er hebt wieder ihren Kopf an und hält sie dabei so hart unter ihrem Kinn, dass sie diesmal ernste Schwierigkeiten zu atmen hat. Sie röchelt weitaus schlimmer als beim ersten Mal. Er dreht ihren roten Kopf zu sich hin, während sie raspelnd stöhnt und küsst sie wieder. „Bei mir bist du sicher", flüstert er und sie gibt ein erregtes „Oh ja Herr" von sich. Dann schneidet er das Seil durch, das ihren Kopf hochhält und drückt ihren Kopf unter Wasser. Sie windet sich und schluckt Wasser, Luftblasen sprudeln nur so hervor, als sie gegen das Ertrinken ankämpft. Doch zieht er sofort ihren Kopf an den Haaren aus dem Wasser. Er genießt den panischen Blick ihrer Augen, Rotz und Wasser, dass der hustenden Frau aus Nase und Mund läuft. Er grinst. „Nun raus aus der Wanne, kleine Badenixe", gluckst er.

Später im Bett liegt sie an ihn geschmiegt, aber immer noch gefesselt. Er sieht, wie sehr die jetzt trockenen Seile in ihre Arme und Fußgelenke einschneiden. „Schön stramm die Fesseln, was?" Sie nickt und sieht ihn mit großen Augen an. Er küsst sie wieder, geht dann an das Fußende der nackten, gefesselten Frau und klappt ihre über Kreuz gefesselten Füße hoch. Danach hält er die gekreuzten Füße an den Fußgelenken über ihrem durch die Stellung nacktem, geöffnetem Schoß, direkt über ihrer rasierten Pussy und dringt in sie ein. „Bitte Herr, die Seile schneiden so ein", jammert Eleonore, doch er grinst nur, als er sie nimmt. Erregt wippt sie mit, bei jedem Stoß, so als ob der Schmerz ihre Lust noch vergrößert.

ÜBERRASCHUNG

Am Ende sitzt er wieder im Büro. Elena hat er in der abgeschlossenen Wohnung zurückgelassen. Nicht im Käfig sitzend diesmal, denn er hat ihr gesagt, dass es mindestens zwei Tage dauern wird, bis er sie wieder besuchen kann. Lebensmittel hatte er ihr noch eingekauft, so dass sie gut versorgt ist. Sorge hatte er natürlich, dass sie doch die Wohnung verlässt, obwohl sie ihm Stein und Bein geschworen hat, das nicht zu tun. Abgeschlossen hat er und mit ihrem Schwur, keinen Zweitschlüssel mehr zu haben, hat er sie schließlich dagelassen. Aus zwei Tagen sind drei geworden. All seine Fälle dem jungen Kollegen Thorsten zu übergeben, hat doch länger gedauert, als er erwartet hat. So hat er am dritten Tage, als er ermüdet zu sich nach Hause kommt, ein schlechtes Gewissen, dass er Elena so lange hat in der Wohnung sitzen lassen. Erst Mal duschen denkt er, dann wird er schon zu ihr fahren. Doch es kommt, wie es kommen muss. Die Dusche macht ihn müde und er lässt sich vorzeitig ins Bett fallen. Nicht mal zum Abendbrot kommt er mehr. Irgendwann um elf Uhr abends wird er wach, doch er schläft schnell weiter. Morgen wird er sich um Elena kümmern, das ist klar.
Es ist drei Minuten nach Mitternacht, als es an seiner Tür klingelt.

Völlig konsterniert wird er wach. Verschlafen geht er ins Bad und spritzt sich Wasser ins Gesicht, während es an der Tür Sturm klingelt. Wer wagt es, so ungestüm seine Nachtruhe zu stören? Thorsten hätte sicher angerufen, wenn mit den neuen Fällen noch irgendetwas zu tun wäre. Oh Gott, denkt er. Ist es ein Notfall mit Elena? Sein Verstand produziert nervöse Bilder einer brennenden Wohnung und eine in den Flammen tanzende, hysterische und überaus nackte Elena. Stehen Polizei und Feuerwehr vor der Tür? Er schlüpft in seinen Bademantel und spät durch Spion. Im Licht des Treppenhauses erkennt er, dass es niemand anderes als Elena ist, die vor der Tür steht. Ihr einziges Kleidungsstück ist ein Trenchcoat. Er ist sichtlich geschockt, hat er doch gedacht, sie unter Kontrolle zu haben. „Also doch ein Zweitschlüssel", murrt er.

Schnell ist die Tür aufgeschlossen. „Was zur Hölle?", fragt er verschlafen. Doch Elena sieht ihn mit großen Augen ab. „Herr, ihr seid nicht gekommen", stammelt sie und fällt vor ihm auf die Knie. Was bedeutet, dass sie auf seinem Abtreter kniet. Er sieht, dass ihre Beine nackt sind und ihre Füße in roten, hochhackigen Sandalen stecken. Schnell buchsiert er sie in seine Wohnung. „Komm rein, verdammt." Auch innen vor der Tür bleibt sie auf den Knien.

„Verzeiht mir Herr, ich war so allein."

Er knurrt nur irgendeine Antwort.

„Darf ich?", fragt sie und ihre Augen leuchten plötzlich, immer noch auf Knien.

„Darf ich was?", fragt er und reibt sich die Augen. Da steht sie einfach auf und knöpft sich den Trenchcoat auf. „Ach so, klar", murmelt er. In einer einzigen, fließenden Bewegung entledigt sie sich des Mantels und steht vor ihm. Ihm bleibt der Mund offen stehen.

Nackt ist sie allerdings nicht. Nicht, wenn Shibari-Bondage als so etwas wie Kleidung zählt. Er schüttelt den Kopf, kann kaum atmen vor Ärger. Wie soll er sie kontrollieren, sie, die Komplizin eines

Killers, wenn nicht mal die elementarsten Dinge funktionieren? Wie, sie in der Wohnung zu haben, wenn er das für richtig erachtet.

„I-Ich konnte nicht wegbleiben", stottert sie. Ihre Stimme ist eine Symphonie der Unterwerfung. „Ich habe Euch vermisst, Herr. Und ich wollte euch zeigen, wie sehr es mich nach eurer … Führung verlangt." Sie beißt sich auf die Unterlippe und ihr Blick senkt sich wieder, eine stumme Bitte um Vergebung und mit einer Portion Vorfreude auf das, was noch kommt. Eine Note von feinem Geruch der Erregung, den sie verströmt, liegt in der Luft.

Franks Ärger ist deutlich zu fühlen, aber er ist vermischt mit einer widerwilligen Lust. Einer Lust, die langsam immer schwerer zu kontrollieren ist. Seine Übermüdung schlägt in eine Mischung aus Wut und Lust um. Er gibt der knienden Frau eine schallende Ohrfeige, dass sie fast das Gleichgewicht verloren hätte. Sie sieht ihn entsetzt an, Tränen in den Augen und die Wange feuerrot.

„Herr, was…?", beginnt sie eine Frage zu stammeln.

„Räum gefälligst deinen Mantel auf. Heb ihn auf und hänge ihn an die Garderobe – Schlampe!", schimpft er und sie sieht ihn nur eine Sekunde mit großen Augen an, bevor sie ihn aufnimmt, sich aufrichtet und den Mantel weghängt.

„Zurück auf die Knie!", donnert er und sie kommt dem sofort nach.

Franks Blick streicht über Elenas gebundenen Köper und sein Gesichtsausdruck ist eine Mischung aus Ärger und Lust. Gemischt mit Bewunderung für ihre Dreistigkeit. Er kommt noch näher und ragt bedrohlich über ihr auf. Sie fühlt die Wärme seines Körpers trotz der Kühle in der Wohnung. Seine Hand greift nach ihr und ertastet den Weg der Seile, die sich um ihren schlanken Körper schlängeln. Die Grobheit seiner Berührung lässt sie eine Gänsehaut bekommen.

„Bleib so und erlaube einem von dir unsanft Gewecktem, sich

erstmal frisch zu machen", grummelt er. Auch wenn er das Gefühl hat, dass der Satz das Knistern, das eben in der Luft lag, nicht grade fördert. „Rühre dich nicht!", donnert er, als er ins Bad geht. Er sieht über seine Schulter und stellt fest, dass sie gehorsam knien bleibt. Er kratzt sich im Türrahmen des Badezimmers am Kopf. „Wenn dir die Knie wehtun, kannst du dich auch hinhocken. Aber komm nicht hoch. Mach endlich mal, was dir gesagt wird." Sie bestätigt mit dem üblichen „Ja Herr" und er geht ins Bad, lässt die Badezimmertür einen Spalt offen, während er sich frischmacht.

"Du kennst die Strafe für Ungehorsam", murmelt er, als er wieder zurück ist und vor ihr steht. Elena nickt eifrig und ihr Atem geht schnell, als seine Finger die empfindliche Haut ihres Halses berühren und die Seile etwas fester anziehen. „Möchte wissen, wie du dich da selbst reingekriegt hast, ordentlich verschnürt. Das hat dir dein alter Herr beigebracht, oder?"
"Ja Herr, mein Herr… ich meine mein alter Herr", stottert sie, „war ein großer Fan von enger Bondage."
Er nickt. „Aber vielleicht kann ich eine Möglichkeit finden, diesen Abend, oder sollte ich sagen diese Nacht, für dich lehrreich zu gestalten." Er beugt sich runter, sein heißer Atem streicht über ihr Ohr und sie erschaudert. „Ich gebe dir eine Chance dies wieder Recht zu machen, Elena. Eine Chance, deinen Gehorsam zu demonstrieren. Verstehst du das?"
Elenas Augen werden groß, ein Schauder der Erregung durchläuft sie. Sie nickt fast schon hektisch und ihre Stimme ist kaum mehr als ein Flüstern. „J-ja Herr, ich verstehe." Sie ist sich des Machtgewebes zwischen sich und Frank wohl bewusst, und wie die Seile um ihren Körper ein Symbol ihrer Unterwerfung sind. Hat sie die Fesselung auch selbst geknüpft, so war es doch ein klarer Akt der Unterwerfung unter ihn. „Sieh her", scheint die Verschnürung zu sagen. „Dieser Körper ist dein, für dich

aufbereitet und du kannst über ihn verfügen."

Franks Hand spielt einen Augenblick mit ihren hervorgepressten, nackten Brüsten, bevor er sie wegnimmt. Ihr ist plötzlich kalt und sie fühlt sich ihm ausgeliefert. War sie zu mutig, ihn mitten in der Nacht auf diese Art und Weise heimzusuchen? Sie ist sich nicht mehr sicher. Wie schlimm wird ihre Strafe ausfallen?

Er tritt einen Schritt zurück, während seine Augen nie den Blickkontakt abbrechen. „Gut", sagt er und das Wort ist ein tiefes Grollen, das sie wie ein elektrischer Schlag trifft. „Nun sag mir, warum denkst du, dass du die jetzt folgende Strafe verdient hast?"

Elena schluckt hart und ihr Herz rast. „Weil ich…ich muss lernen, Euch zu vertrauen und Euch vollkommen zu gehorchen, Herr", antwortet sie und ihre Stimme zittert vor Ehrlichkeit. „Und weil… ich Euch brauche, um mich in die Schranken zu weisen. Mich unter Kontrolle zu halten."

Ein kurzes, raubtierartiges Lächeln ist auf Franks Gesicht zu sehen und seine Augen scheinen im Zwielicht des Flurs zu glühen. „Nun gut", sagt er und sein Tonfall ist ein dunkles Versprechen. „Du wirst bestraft werden, Sklavin. Und danach, wenn du ein gutes Mädchen bist, werde ich vielleicht entscheiden… dich zu belohnen." Elenas Puls rast bei dem Gedanken und ihr Körper fängt bereits an, darauf zu reagieren. Auch wenn sie weiß, dass sie ihr eine lange Nacht voller Schmerzen bevorsteht. Aber das ist, wonach es ihr verlangt. Der Tanz des Schmerzes und der Lust, die ihr nur Frank geben kann. Vorher konnte das auch ihr alter Herr. Aber ohne Albert Ehrlichmann, den so grausamen Wahnsinnigen, der ihr dennoch richtiggehende Abgründe der Lust bereiten konnte, wird sie sich Frank, ihrem neuen Herrn unterwerfen. Koste es, was es wolle. Wenn er stark genug ist, denkt sie und hasst sich einen Augenblick selbst für den Gedanken.

Er sieht sie lange an. „Ich bin gleich wieder zurück", raunt er und ermahnt sie wieder, sich nicht fortzubewegen. Elena bleibt auf ihren Knien und ihre Vorstellung, was noch passieren wird, droht sie verrückt zu machen.

Elenas Knie tun ihr weh, als sie wartet, und die Seile schneiden in ihre Haut ein, aber sie wag es nicht, sich zu bewegen. Sie ist sich der Konsequenzen von Ungehorsam wohl bewusst. Die Momente werden zur Ewigkeit und jedes Ticken der Uhr im Flur ist wie eine verhöhnende Erinnerung an ihre Verletzlichkeit. Als sie seine Schritte hört, als er endlich zurückkommt, versteift sie sich unwillkürlich und ihr Körper ist so angespannt wie eine Bogensehne. Franks Schatten fällt wieder auf sie und sie sieht zu ihm auf. Sie sieht ein kleines Lederetui. Sein Gesichtsausdruck ist neutral, aber da ist ein Leuchten in seinen Augen, das sie erschrecken lässt.

„Ich habe entschieden, welche Strafe du bekommst", sagt er und seine Stimme klingt leise und gefährlich. Auch er merkt, wie sehr in das Spiel erregt, das er für sie vorbereitet hat.

Er öffnet das Etui und zeigt ihr seinen Inhalt. Zu ihrem Entsetzen sieht sie mehrere Fotos. Fotos der sechs Opfer ihres alten Herrn! Die Frauen, die er getötet hat! Und Wäscheklammern und ein kleines Nadelkissen voller Stecknadeln mit buten Köpfen sind dort. Die Klammern auch sechs an der Zahl, neben einem merkwürdigen kleinen Fläschchen aus braunem Glas. Ihre Augen werden groß und sie sieht ihn panisch an. „Herr bitte", fleht sie. „Ich konnte doch nichts dafür", haucht sie und legt den besten Hundeblick auf, zu dem sie von da unten in der Lage ist. Doch er grinst nur böse.

„Du wirst nacheinander sechsmal eine Karte ziehen, bis du alle sechs durchhast. Sechs Ziehungen und sechs Qualen für sechs Opfer." Sie sieht ihn groß an, mit fast kindlichem Blick und nickt langsam.

„Für jedes Bild wirst du das Opfer mit Herrin anreden, sie um Verzeihung bitten und mich um Strafe. Dann werde ich dich solange mit dem Gürtel schlagen, bist du selbst sagst, dass es genug ist." Sie nickt und haucht ein „Ja Herr". Er grinst sie an. „Und eine Nadel und eine Klammer wirst du auch noch für jedes Bild erhalten." Sie nickt wieder und erst jetzt fällt ihr auf, dass er einen Ledergürtel um seinen Morgenmantel gebunden hat.

„Akzeptierst du diese Strafe?", fragt er streng und sie nickt. „J-ja Herr", stottert sie ihre Zustimmung. Er hält ihr das Etui hin und ohne zu sehen, welches Bild sie zieht, zieht sie eines der kleinen Fotos. Es ist ein Bild von Ursula, die das dritte oder vierte Opfer war. Sie weiß es nicht mehr genau.

„Ich habe mir die Akten kopiert und die Bilderduplikate mitgenommen. An einen Fall wie diesen wollte ich eine Erinnerung haben", erklärt er, als sie mit großen Augen das Bild ansieht.

Ursula strahlt auf dem Bild, es ist wohl ein Kneipenbild oder etwas in der Art, denn sie hat ein Glas in der Hand auf dem drei mal vier Zentimeter großen Foto, das offenbar grob von einer Farbkopie ausgeschnitten ist. Elena weiß, was von ihr verlangt wird. „H-Herrin Ursula", stottert sie. „Bitte vergebt mir, Herrin." Bei den Worten fühlt sie eine merkwürdige Wärme im Bauch. Das Opfer Ursula als Herrin anzusprechen, kommt ihr genau richtig vor. Erinnerst du dich an Ursula?", fragt er. Elena nickt. Die rothaarige junge, schlanke Frau im Bild kennt sie als ausgehungertes Etwas, das zum Schluss im Keller angekettet war.

„Ihr habt sie verhungern lassen, oder?"

Elena nickt traurig.

„Hast du protestiert?"

Sie nickt. „Ja Herr, wirklich. Ich habe ihm immer wieder gesagt, dass er ihr doch ein klein bisschen Essen geben soll." Sie sieht ihn mit großen Augen an.

„Zunge raus, Sklavin!"

Gehorsam steckt sie die Zunge heraus, während er das Bild verstaut. Zu ihrer Verblüffung nimmt er eine Wäscheklammer, öffnet sie und tropft etwas Flascheninhalt auf die Innenseiten der Klammer. Sie merkt, dass die Flüssigkeit einen schweren, ätherischen Geruch verbreitet. „Menthol", erklärt er nur. Sie wartet gehorsam mit herausgestreckter Zunge. Der Schmerz, als die Klammer auf ihrer Zungenspitze sitzt, ist grausam. Sie will die Zunge mit verweinten Augen einziehen, doch der starke Geruch bringt sie zum Husten. Sie weint. „Zunge raus", kommandiert er und sie gehorcht. Er hält ihre Zunge an der Klammer fest und steckt ihr die Nadel durch die Zunge. Sie kneift ihre Augen zu und schreit, soweit es die Klammer zulässt. Keuchend hockt sie auf dem Boden und hustet das Öl heraus, während Zunge und Mundraum brennen. Die Ölschwaden ziehen ihr bis in die Augen und sie sieht nichts mehr. Als sie nach ein paar Minuten wieder klarer sieht, merkt sie zu ihrer Verblüffung, dass er weint.

„Verzeih mir", gibt er von sich. „Ich kann dich nicht so quälen. Ich war wütend und die Fotos der Opfer lassen mich immer noch wütender werden. Aber du warst ja auch ein Opfer, gewissermaßen." Sie nickt, immer noch kniend, immer noch die Klammer und die Nadel an und in der Zungenspitze.

Sie sieht ich an. „Ich brauche deine Bestrafung", will sie sagen, doch es kommt nur ein unverständliches Gebrabbel. Als sie merkt, dass er sich die Haare rauft und offenbar nicht weiß, wie es weitergehen soll, legt sie sich mit gespreizten Beinen auf den Rücken und zieht die Knie an. Sie hebt den Kopf und sieht ihn an, „Schlag mich", will sie sagen, doch es klingt wie „ag ich". Ob er es verstanden hat, weiß sie nicht. Aber als nächstes sieht sie, wie er seinen Bademantel ablegt und sich halb über sie legt. Er streichelt ihre Scham und küsst ihre Brüste. Sie wimmert vor Schmerz auf, als er das Schrittseil ihrer Bondage zur Seite zieht, damit ihre

Scham frei ist. Da das einschneidende Schrittseil ihr zartes Intimfleisch hat anschwellen lassen, ist da eine ziemliche Agonie für sie. Die sie aber noch geiler macht. Sie genießt es, als er sie nimmt. „Ja, ja", raunt sie, was wie „a a" klingt und sie Speichel versprühen lässt.

Sehr viel später, als er gekommen ist, küsst er sie und nimmt ihr die Nadel und die Klammer aus der Zunge. Versehentlich reibt er sich die Augen und dann ist er selbst derjenige, der das Brennen des Menthols zu spüren bekommt. Sie kann ein Kichern nicht unterdrücken. Sie hört sofort auf damit, als sie seinen wütenden Blick bemerkt. Doch dann muss auch er lachen. „Gehen wir ins Bett. Oder erst ins Bad", erklärt er schließlich. „Ja Herr", sagt sie mit breitem Grinsen.

HERR UND SKLAVIN

Monate sind vergangen. Frank und Elena sind zu einem Paar geworden, so ungleich es auch sein mag. Mit seinen reichlichen Ersparnissen hat er sogar einen kleinen Bungalow in der Nähe gekauft. Ein Haus von 1980, aus Fertigteilen gebaut und nicht grade ein Palast, aber genug für die beiden. Und seit ein paar Tagen sind ein paar Extras eingebaut.

Elena und er stehen im Keller vor dem kleinen Vorratsraum, der zu einer Zelle umgebaut it. Frank öffnet die Stahlblechtür und der zwei mal vier Meter lange, dunkle Kellerraum wird sichtbar. Er schaltet das Licht an. Deutlich ist zu sehen, das nach einem Meter eine schwarz lackierte Stahlgittertür in ein die Breite komplett ausfüllendes Gitter eingesetzt ist. So hat er hier eine regelrechte Gefängniszelle einbauen lassen. In der kargen Zelle sieht man eine Gummimatte und eine graue Decke und ein Kopfkissen auf dem Boden. Ein stählerner Hundenapf mit Wasser steht am Boden.

Er grinst zu Elena rüber, die schlucken muss. Die zierliche Frau trägt jetzt ein durchsichtiges, schwarzes Top, unter dem man deutlich ihre nackten Brüste sieht, die ohne BH wie Hängebrüste wirken. Etwas, dass gut zu einer Sklavin passt, wie er findet. Das Top ist so kurz, dass es ihre Muschi und den Hintern schlichtweg freilässt. Halterlose schwarze Nylons trägt sie und steht auf Zehenspitzen ohne Schuhe. Dicke braune Ledermanschetten hat sie and Hand- und Fußgelenken. Während ihre Hände nicht gefesselt sind, verbindet eine dicke Stahlkette von etwa dreißig Zentimeter Länge ihre Fußfesselbänder; die Kette von kleinen Vorhängeschlössern gehalten.

Elena lächelt unsicher, als sie die Zelle sieht. Mit einem Gesichtsausdruck wie um zu sagen, „auch das jetzt noch".

„Na, gefällt dir deine neue Zelle, Sklavin? Der Bauunternehmer hat mir nicht wirklich geglaubt, dass es für einen Hund ist und so einige Sprüche gemacht. Er hat mir scherzhaft gedroht, dass er mich der Polizei meldet, wenn in der Nachbarschaft junge Damen verschwinden." Frank kratzt sich leicht verlegen am Kopf.

„Aber das Einlochen geschieht in diesem Hause ja nur konsensual."

„Geschieht was, Herr?", fragt sie.

Frank seufzt. „Mit Einverständnis, heißt das."

„Ach so, Herr." Elena grinst. „Aber…äh", fügt sie unsicher hinzu.

„Ja, Elena?"

„Nun Herr, Ihr habt mich doch bislang oben im Schlafzimmer auf Eurem Bettvorleger angekettet. Können wir das nicht weitermachen?" Sie lächelt ihn an und tritt verlegen von einem Fuß auf den anderen, wobei die Stahlkette klirrt.

Er sieht missbilligend auf ihre Füße, denn ihren linken Fuß hat sie flach auf den Boden gestellt, statt nur sklavisch auf Zehenspitzen zu stehen.

„Elena, mein süßer Bettvorleger", neckt er. „Du hast mir selbst gesagt, dass dein alter Herr dir beigebracht hat, sklavisch auf den Zehenspitzen zu stehen und zu gehen…"

„Verzeihung Herr", gibt sie von sich und bekommt einen roten Kopf. Sofort korrigiert sie ihre Fußhaltung.

„Also Herr, können wir das nicht so lassen? Dass ich nachts oben angekettet werde?"

Er lacht. „So, die schöne, teure Zelle gefällt dir also nicht, oder was?" Er schmunzelt, funkelt sie danach aber mit leichtem Ärger an.

„Der verdammte Ausbau hat so viel gekostet wie der Dachausbau, den ja diese verdammten Ökogesetze verlangt haben."

„Verzeihung Herr", sagt sie verlegen und knickst dazu, ganz so, als sei das ihre Schuld.

„Wie man da umtriebige junge Frauen sicher verwahren soll, weiß ich wirklich nicht, bei den Preisen. Wenn man zur Zelle noch die Dachisolierung blechen muss."

Wieder ein Knicks von Elena. „Ich gehe natürlich in die Zelle", fügt sie schüchtern hinzu. Er macht einen Schritt auf sie zu und sie versteift sich. Sieht entsetzt auf die dunkle Zelle. Angst hat sie, dass sie gleich dort eingesperrt wird, wird ihm klar. Doch er legt nur einen Arm um sie und grinst.

„Ich würde sagen, meine Liebe, wie oft du in der dunklen Zelle sitzen wirst, wird von deinem Betragen abhängen."

Da sieht sie ihn erleichtert an. „Ja Herr, ich werde eine gute Sklavin sein." Er küsst sie.

„Das ist auch besser, Mädchen." Seine Hand spielt an ihrem nackten Hintern herum. „Aber ich denke", fügt er mit gewichtiger Betonung hinzu, „dass es schon der Normalfall sein sollte, dass du da unten schläfst." Sie sieht in entsetzt an, doch er zieht nur eine Augenbraue hoch. „N-natürlich, Herr", stammelt sie.

„Komm jetzt", sagt er nur und führt sie zur Treppe. „Die Stufen sind wirklich schwierig mit den Ketten", beschwert sie sich. Doch statt einer Antwort greift er ihr von hinten zwischen die Beine und drückt mit dem Daumen auf ihre Rosette, während sich die Kante seines Zeigefingers in ihre Scham gräbt.

„Ah Herr, ja, Herr", gurrt sie nur und lässt sich die Treppe hochführen.

Sie steht mit ihm vorm Schlafzimmerspiegel. Die ganz verspiegele Schrankwand erlaubt ihm einen guten Blick auf seine Sklavin. Sie hat immer noch Ketten an den Füßen, aber jetzt sind auch ihre Handgelenke gefesselt. Hoch zwischen den Schulterblättern sind die brauen Fesselbänder mit einem Schloss verbunden und eine kurze Kette hält die Hände so nutzlos an den Rücken gepresst und nah am breiten, braunen Lederhalsband, das sie jetzt trägt. Aufgrund der verkrampften Stellung sind jedwede Aktionen mit den Händen ausgeschlossen. Ihr Gesicht ist schmerzverzerrt.

„Geht es?", fragt er und streicht ihr übers Haar, seine Erektion lässt dabei seine Hose zu einem Zelt werden.

„Ja Herr, kein Problem", antwortet sie und lächelt gequält. „Wenn etwas unbequem ist oder weh tut, denke ich immer an die andern Frauen. Ursula, Claudia, Rosa und die anderen. Und dass sie jetzt liebend gern mit mir tauschen würden." Sie tritt von einem Fuß auf den anderen, brav auf Zehenspitzen stehend, wie er bemerkt. Er seufzt und streicht ihr übers Haar, küsst ihre duftende Haarpracht, die jetzt mittellang und wesentlich lockiger gestylt ist als früher.

„Schatz, denk nicht mehr an die Opfer. Das wollten wir doch hinter uns lassen. Es ist einfach zu düster."

Sie nickt eifrig. „Natürlich Herr."

„Warte, ich mache dir die Hände etwas runter. So gefesselt siehst du einfach zu niedlich aus, aber ich will dich nicht quälen...", beginnt er. Doch sie schüttelt zu seiner Überraschung energisch den Kopf.

„Nein Herr, bitte, lasst es so."

Er sieht sie nur erstaunt an.

„Ich fühle mich so wohler. Wenn es weh tut. Ich brauche das."

Ernsthaft nickt er. „Okay, wenn du es möchtest." Er geht hinter ihr in die Knie und küsst ihre Pobacken. Einen Kuss links und einen rechts. Er streichelt und knetet die Backen, die wie die ganze Frau unter seiner liebevollen Pflege doch einiges an Masse zugelegt haben und jetzt genau richtig sind, wie er findet.

„Oh Herr", gurrt sie. Er seufzt. „Du musst doch nicht immer Herr zu mir sagen", erklärt er, während er ihre Hinterbacken auseinanderzieht und sich die Frucht zwischen ihren Beinen ansieht. Er zieht die Backen noch weiter auseinander, so dass sich ihre Muschi öffnet und er seufzt andächtig, den Anblick genießend.

„Denk dran, nicht immer Herr sagen."

„Doch Herr, das muss ich", widerspricht sie ihm mit einem kindischen Kichern. Er grinst und gibt ihr einen kräftigen Schlag auf die linke Pobacke, dass es laut klatscht und sich seine Hand rot abzeichnet.

„Au!", protestiert sie, nur um sogleich in ein „Mehr, Herr!" zu verfallen.

„Ich sehe, dass du schon wieder auf flachem Fuß stehst", mahnt er.

„Oh Verzeihung", gurrt sie und lässt diesmal tatsächlich das *Herr* weg. Ihre Handkette, die die Hände am Halsband auf dem Rücken hält, knätert an den ledernen Fesselmanschetten, als sie unwillkürlich beim Sprechen die Arme bewegen will.

„Ihr solltet mir die Ketten unter die Hacken legen, wie neulich. Das wird mir dann schon beibringen, auf flachem Fuß zu stehen", gurrt sie.

„Schon wieder basteln?", fragt er erschöpft und leicht belustigt.

„Ja Herr!", antwortet sie und kichert dabei hell.

Am Ende lässt er sie je einen Fuß auf einen Hocker stellen und befestigt die Kette, die recht dick ist und sich schmerzhaft in die Fußsohle am Hacken bohren wird, sollte sie das sklavische auf-Zehenspitzen-laufen vergessen. Als er fertig ist, gibt er ihr einen aufmunternden Klapps auf den Po, der wieder recht heftig ausfällt und sie kurz aufschreien lässt. „Oh Herr", gurrt sie dazu.

„Nun geh im Zimmer im Kreis, ich will sehen, wie das aussieht."
Er stellt sich hin und sieht sie erwartungsvoll an.

„Ohne Glöckchen an den Brustwarzen?", fragt sie. Er seufzt.

„Da in der Schublade sind welche, glaube ich", murmelt er und macht sich auf die Suche. Kurz darauf bekommt sie die feinen Klammern mit den Silberglöckchen daran zuerst an die linke, dann an die rechte Warze. Jedesmal stöhnt sie auf. Vor Schmerz und vor Wollust. Er küsst sie und lässt ihre Brüste spaßeshalber schaukeln, indem er sie mit beiden Händen fest von unten packt. „Oh", gibt sie mit großen Augen dazu von sich. Er grinst und nimmt eine Pferdepeitsche aus einem Regenschirmständer, der hier allerdings der Verwahrung von diversen Schlaginstrumenten dient.

„Und nun hopp, Sklavin, geh im Kreis und stolpere nicht über die Kette. Ordentlich!" Er lässt die Peitsche durch die Luft sausen. Wieder sieht sie ihn mit großen Augen an, diesmal voller Bewunderung. „Ja Herr!", schnurrt sie und setzt sich in Bewegung. Sie geht im Kreis und die kleinen Glocken an ihren Nippeln erzeugen ein helles Klingen, während sie im Kreis geht. Ihre Füße so auf den Zehenspitzen, die glitzernden Ketten, ihr geschulter Gang, um die Länge der Fußkette ganz auszunutzen und strammzuziehen, bevor sie den anderen Fuß bewegt. Er genießt es und sie lächelt ihn an, senkt aber schnell ihren Blick devot zu Boden. „Schneller, Mädchen!" kommandiert er und diesmal trifft die geflochtene Rute, die die Peitsche darstellt, ihre prallen Hinterbacken. „Au!", schreit sie und verhaspelt sich mit ihren Füßen in der Kette. Sie droht umzufallen, doch er hat sie schon an ihren zwischen den Schulterblättern überkreuzten Handgelenken gefasst und stabilisiert sie, drückt sie gegen sich. Sie drückt dabei ihren Rücken noch weiter durch und die Glöckchen an ihren herausgedrückten Brüsten klingeln hell. Mit einer Hand fasst er sie vorne zwischen die Beine und küsst ihren Hals. „Siehst du, nicht mal laufen kannst du. Zur Strafe schläfst du heute in deiner Zelle.

Du musst das dunkle Loch sowieso einweihen, oder?"

Zu seiner Verblüffung gurrt sie ein „Ja Herr", das ziemlich langgezogen ist und auf und ab geht in der Tonlage, als er ihre Muschi massiert.

Er wirft sie aufs Bett. „Und bei dunklem Loch dachte ich gerade an etwas anderes." Sie kreischt, als er ihre Beine spreizt, sich ihre Füße über die Schultern legt und seine Lippen auf die ihren legt. Die unteren. „Oh Herr... oh Herr", gurrt sie. Er ist gerade dabei, ihre Nässe zu spüren, da sagt sie noch etwas, was dazu führt, dass sein Kopf wieder hochkommt und er sie entgeistert ansieht.

„Habt ihr mal darüber nachgedacht, mir Ringe in die Brustwarzen einsetzen zu lassen? Und auch welche an die Schamlippen? Unten können Gewichte dran und oben auch." Sie macht eine Kunstpause, während er sie verblüfft ansieht. „Und unten kann man prima einen Kathederbeutel dranhängen."

Vor Verblüffung steht sein Mund weit offen.

„Du willst einen Katheter gelegt bekommen?"

Sie kichert. „Aber ja Herr. Auch so ein Spiel." Dann bekommt sie einen roten Kopf. „Das ist wirklich nur meine eigene Fantasie, Herr. Mein alter Herr... er hat das nie gemacht. Das ist meine Idee und nur für mich."

Er versetzt ihr einen heftigen Schlag auf die weiche Scham, die sie aufschreien lässt. „Das wollte ich auch gehofft haben." Dann geht sein Kopf wieder runter und sie krallt sich vor Wonne in die Bettlaken. Ihre Zehen krümmen sich auf seinem Rücken.

RING ME UP!

Elena hat nicht lockergelassen. In einschlägigen SM-Foren hat er schließlich den Tipp bekommen, dass das *Ring Me Up*-Studio in Hannover gut für SM-Freunde wäre. Dass man dort auch mit seiner fetischartig bekleideten Sklavin auftauchen könne. Die Webseite des Studios zeigt jedenfalls Dominas – oder Sklavinnen? – in kurzen, schwarzen Leder- und Latexfummeln. Kerle ebenso, ein paar in der Gay-Variante, aber warum nicht, denkt er. Elena kann es kaum erwarten und ruft gleich an. Sie hat schneller einen Termin gemacht, als er überhaupt drüber nachdenken konnte. „Schamlippen, aber richtig dicke Ringe", kichert sie. „Und die oben an die Nippel ebenso dick. Ja, ich weiß", kichert sie, was immer der Mann am Telefon auch gesagt hat. Frank hört nur schwach eine kräftige Männerstimme aus seinem Handy, als Elena mit dem Studio spricht.

Der alte VW von Frank parkt an einer Parkuhr schräg gegenüber vom Studio. Als sie aussteigen, wirft Elena einen missbilligenden

Blick auf den alten, braunen Passat. „Weißt du, Herr, als SM-Master solltest du eigentlich was Cooleres fahren. Einen schwarzen Porsche am besten." Er bleibt verärgert stehen. „So, von meiner Pension soll ich sowas blechen?" Doch Elena lässt sich beirren. „Und deine graue Schimanski-Jacke oder was das ist…", will sie anfangen, da droht er ihr mit dem Zeigefinger, was sie zusammenzucken lässt. Gleich tut es ihm wieder leid, denn diese Reflexe hat sie sicher noch von ihrem alten Herrn, dem Serienmörder Ehrlichmann. Ihm fällt auf, wie eine ältere Dame, die mit einer Aldi-Plastiktüte schnell vorbeigeht, den Kopf schüttelt, als sie ihn und Elena ansieht. Er sieht Elena an. Sie trägt wieder das durchsichtige, schwarze Top, diesmal allerdings mit einem schwarzen Spitzen-BH darunter. Einen schwarzen Leder-Supermini und Netzstrümpfe, die an Strapsen befestigt sind. Deutlich sieht man die Oberkante der Strümpfe die witzigerweise mit ESCLAVIA weiß auf schwarz beschriftet sind, was sicher nicht von jedem als Spanisch für Sklavin identifiziert werden kann. Auch das Ende der Strapse ist deutlich zu sehen. Ultra-hochhackige Sandaletten runden das Bild ab. Gedanklich summt er den Jazztitel *„She's not a Hoe*"*, als er sie ansieht und grinst. „Sie ist keine Hure", auf Deutsch.

----

*Den Titel und viele mehr können Sie gratis unter https://suno.com/@karllayton hören, wenn Sie auf „Playlists" und dann „Leroy Green's Jazz Band" klicken. Vom Editor Rodrigo Thalmann dieses Romans geschrieben und von einer KI vertont. Marlisa und Rodrigo schreiben ihre Romane selbst, nur für Soundtracks benutzen sie KI.

Schon von draußen fällt ihm auf, dass auf dem grausilber zugeklebten Schaufenster von „Ehehygiene", „Toys", „Tattoos" und eben auch „Intimschmuck" die Rede ist. „Dachte schon, wir wären falsch", raunt er. „Nein", gurrt Elena und sieht ganz aufgeregt aus. „Hier sind wir genau richtig."
Drinnen ist alles voller SM-Toys und Klamotten. DVDs und Bücher. Er liest „Sklavin Null" und „Der Hucow-Virus" auf Buchrücken. Weil sich niemand sehen lässt und der große Tresen mit blitzendem Irgendwas unter den Glasplatten verwaist ist, greift er sich den Roman „Sklavin Null". Eine zum Herzergreifen hilflose Frau mit zugeklebtem Mund und einem verzweifelten, verweinten Gesichtsausdruck ist auf dem Cover zu sehen. „Oha", sagt er nur. „Wie bei Ehrlichmann", flüstert Elena.
Es dauert eine Weile, bis ein stämmiger Mann, gekleidet in schwarzes Leder aus dem Hinterzimmer kommt. Der Mann trägt einen dicken Nasenring, der im Licht der Deckenlampen blitzt und hat Tattoos an den Wangen und Armen, die Frank an Maori-Ethno-Tätowierungen aus Neuseeland erinnern.
„Was darf es sein?", fragt er mit sehr tiefer Stimme freundlich und verschlingt Elena mit seinen Blicken, während er dem normal gekleideten Frank nur eine hochgezogene Augenbraue gönnt.

„Also wir", beginnt Frank zögerlich. „...wollen mir Ringe in die Pussy und die Nippel machen", beendet Elena den Satz mit leicht rotem Kopf. Der Ledertyp sieht Frank erstaunt an. „Sie gehören zusammen?", fragt er Frank. Der räuspert sich und beginnt mit einem „Ja also...", als Elena lacht und dem Ledertypen lauthals „Ich bin seine Sklavin" erklärt. Der Ledermensch hinterm Tresen kratzt sich am Kopf. „Na prima", grinst er schließlich. „Wohin in die Muschi, Schamlippen oder Kitzler oder beides?" Elena muss schlucken. „Schamlippen", antwortet sie.

Der Ledermensch grinst Frank an. „Jedenfalls wenn der Master damit einverstanden ist", erklärt er und schüttelt kaum merklich den Kopf dabei.

„Okay, dann zeige ich euch mal unser Ringsortiment", erklärt der Ledertyp. „Und nennt mich *Beringer*", fügt er hinzu. „So nennen mich alle."

Schnell sind Elena und Frank in eine Diskussion verstrickt, welche Ringe denn in ihre Intimteile eingesetzt werden sollen. Frank ist eher für dünne, aber Elena setzt sich durch, richtig dicke Stahlringe sowohl für oben wie auch unten auszuwählen.

„Das gibt eine Weile Druckschmerz bei der Stahlstärke, bis sich dein Körper dran gewöhnt hat", erklärt ihr der Mann, der Beringer genannt werden will. Elena kichert und winkelt dabei das linke Bein an, wie Frank mit erhobener Augenbraue feststellt. „Schmerzen sind immer gut", kichert sie dabei und hält sich kindisch die Hand vor den Mund.

„So, das hört man immer gern", tönt plötzlich eine helle Stimme von rechts und ein dunkler Vorhang wird zur Seite gewischt. Was hervorkommt ist eine wasserstoffblonde Frau. Das Haar kurz und gelockt und ein paar deplatziert wirkende rote Schleifen in einigen unbändigen Locken. Ein lila Netztop würde ihren ganzen Oberkörper zeigen, wenn sie nicht einen roten BH drunter tragen würde, der allerdings weitestgehend durchsichtig ist. Frank glaubt, zwei Nippelringe unter dem BH-Stoff zu sehen. Ein sehr weiter und ultrakurzer Rock in Rosa komplettiert das Bild, dazu schwarze halterlose Strümpfe, die noch unter den Knien enden. Silberne hochhackige Schuhe und ein rosa Halsband mit Silbernieten und ebensolche Fesselbänder and Hand- und Fußgelenken mit leeren Stahlösen geben der Erscheinung einen

Girlie-SM-Vibe. Wie Cindy Lauper in der SM-Version, geht Frank durch den Kopf. „Hi, ich bin Lucy", stellt sich die Wasserstoffblonde vor. Sie geht schnurstracks auf Elena zu und nimmt sie bei der Hand. Frank kann es kaum glauben, aber beide Frauen sind im Nu aneinandergeschmiegt und er sieht, wie Elena wieder ihr Bein hochnimmt. Ihr Knie schiebt Lucys Rock in die Höhe, die sich wiederum richtig reinlehnt.

„Na, das geht ja gut ab", kommentiert „Beringer" und Frank nickt dazu. „Kann man wohl sagen."

"Beringer, sperr doch zu, dann können wir Zwei uns ein bisschen miteinander beschäftigen", sagt Lucy und grinst dabei bis über beide Ohren. Sie sieht zu Frank rüber. „Wenn der Kunde weg ist. Bedien' ihn doch mal, Beringer!"

Doch Beringer, der offensichtlich hier so heißt, lacht nur. „Das ist ihr Meister, Lucy." Die sieht Frank erstaunt an. Dann verwandelt sich ihr Blick in Herausforderung und sie schmiegt ich erst recht an Elena und lässt ihr Becken kreisen. Da reibt sich Minirock and Minirock, sieht Frank. Besitzergreifend streichelt sie den Po Elenas durch das Leder. „Ob der Master von dieser süßen Sklavin denn erlaubt, dass wir mit ihr spielen?"

Frank muss sich räuspern und Beringer grinst. „Soll ich zuschließen, dann können die beiden Mädels loslegen? Das mit dem Beringen Ihrer Sklavin machen wir hinterher", schlägt er vor und geht schon zur Ladentür. „Klar", sagt Frank mit etwas unsicherer Stimme.

Zu Franks Verblüffung fängt diese Lucy an, sich mitten im Laden ihrer Klamotten zu entledigen. Nach kurzem Zögern und mit einem fragenden Blick auf Frank, den er mit Nicken quittiert, macht es Elena ihr nach. Bald sind beide Frauen nur noch mit Unterwäsche bekleidet. Was bei Elena nur ihr schwarzer, durchsichtiger BH ist und bei Lucy ein roter Minislip, der wirklich so gut wie nichts bedeckt, neben ihrem roten BH. Und Ringe zeichnen sich bei Lucy auch unten in den Schamlippen ab. Lucy behält natürlich ihre braunen, dicken Fesselbänder an Hand- und Fußgelenken an und beide Frauen tragen auch weiterhin ihre Halsbänder. Frank fällt auf, dass Lucys Stahlkragen eine Stahlmünze mit einem verschnörkelten B eingraviert hat.

Beringer geht unterdessen hinter den Tresen und entnimmt ihm zwei Rohrstöcke aus einem Schirmständer. Einen reicht er Frank, der ihn wie selbstverständlich entgegennimmt.

„Ihre Sklavin ist doch damit vertraut, oder?"

„Allerdings", erklärt Frank. „Schläge hat sie genug bekommen."

Beringer nickt. „Stimmt, man sieht genug Striemen und alte Blutergüsse auf ihrem Arsch. Ganz schön brutal. So nehme ich meine Lucy nicht ran. Oder selten."

Frank entgeht nicht die leichte Kritik an den Worten des Mannes. „Das meiste war ihr alter Herr. Ein Biest war der."

Frank nickt. „Da ist sie über einen ruhigeren Sugardaddy sicher froh." Das bringt den pensionierten Polizisten zum Glucksen. „Das wird wohl so sein."

„Lucy! Ich will dich mit deiner Freundin... Wie heißt sie doch gleich?", fragt er Frank. Der sagt es ihm.

„Ich will dich mit deiner Elena hier gleich auf dem Flokati-Teppich in der Ecke sehen. Die 96er-Stellung. Aber los!"

Grinsend zieht die wasserstoffblonde Lucy Elena auf den Teppich. Elena findet sich unten wieder, auf dem Rücken liegend, während sich Lucy auf sie legt. Wie bei der Standardstellung üblich sind Lucys Hintern und Muschi vor dem Mund von Elena, die wiederum ihren Mund auf die dargebotene, beringte Scham von Lucy presst. Beringer tritt unterdessen mit dem Rohrstock in der Hand direkt an die beiden Frauen heran, während Frank ein Stück weg steht und unschlüssig mit dem Rohrstock in seinen Händen spielt.

„Mach schon, Sklavin L!", befiehlt Beringer. „Leck sie richtig. Wir wollen sie kommen sehen." Frank kann es kaum glauben, aber Beringer holt richtig hart aus und der Rohrstock findet mit einem dumpfen Laut sein Ziel. Lucys feste Pobacke wird kurzzeitig richtig verformt und eine dicke rote Strieme zeichnet sich ab. Ihr Kopf kommt hoch und sie jammert „Au, au" mit Tränen in den Augen. Sie hat ihre Hände noch an Elenas Pussy und zieht diese auf, sieht ihren Herrn aber vorwurfsvoll an. „So hart hätte es nicht sein müssen", meckert sie, doch sie senkt sofort gehorsam den Kopf, als der Ledermann lacht und ihr mit erhobenem Rohrstock droht.

„So spuren sie, oder?"

„Genau", pflichtet Frank ihm bei. Er räuspert sich wieder.

„Schön, wenn man so etwas beruflich machen kann", gibt er von sich.

„Na ja", grinst Beringer. „Das mit dem Spielen mit den Sklavinnen ist ein Extra." Frank grinst nur.

„Was mach'ste beruflich?", fragt Beringer, während jetzt beide Frauen enthusiastisch am Lecken sind, so dass man es deutlich schmatzen hört.

„Ah… bin pensioniert."

Beringer nickt. „Beamter gewesen, was?" Frank nickt nur.

Lucy bekommt vom Beringer noch drei weitere Schläge auf den nackten Hintern, die dicke Striemen hinterlassen. Außerdem sieht man, dass Elena durch die Bemühungen Lucys langsam dem Höhepunkt entgegenstöhnt. Lucy hingegen ist ehr fleißig am Arbeiten, bemüht die Rohrstockschläge ihres Herrn zu vermeiden. Da denkt sich Frank, dass es dumm aussehen würde, wenn er nicht auch einmal seinen Rohrstock benutzt.

„Elena!", schnauzt er, dass ihn Beringer verblüfft ansieht.

„Sieh zu, dass du vernünftig leckst!" Er tritt heran und gibt der unten liegenden Elena einen vorsichtigen Rohrstockschlag auf die linke Flanke, der ihr kaum eine Reaktion entlockt. Sich wieder räuspernd nimmt er sich diesem mal den linken Oberschenkel seiner Sklavin vor, an den er wegen ihrer Beinstellung problemlos rankommt. Es klatscht laut, ein hübscher Striemen bildet sich und Elena stöhnt.

Eine halbe Stunde später, nachdem sich die beiden Mädels erfolgreich zum Orgasmus gebracht hatten, kratzt sich Beringer am Kopf. „Vielleicht brauchen die beiden etwas Ruhe", schlägt er vor. Beringer und Frank sitzen unterdessen im Verkaufsraum in bequemen Sesseln und schlürfen beide einen Whisky (Beringer) bzw. eine gekühlte Cola (Frank). Lucy, die eng an Elena geschmiegt auf dem Flokati liegt, dreht sich entsetzt um. „Oh nein!", gibt sie ängstlich von sich. Frank zieht die Augenbraue hoch. „Was ist an einer Ruhepause so dramatisch?", fragt er, doch Beringer kichert nur. „Los, Sklavin", herrscht Beringer Lucy an. „Mach, dass du deinen Luxuskörper und den von Elena in das Strafzimmer bewegst!". Frank verzieht das Gesicht. „Ach, so eine Ruhepause", murmelt er.

Frank staunt nicht schlecht, als er eine Weile später in einer kleinen, vollgestopften Folterkammer steht. Anders kann man den Raum nicht beschreiben. Überall stehen Gerätschaften herum. Zwei Folterstühle, ein Andreaskreuz und zwei Prügelböcke zählt er. Und ein paar Käfige nebst einer Art Kommode, wenn man sie so nennen will. Nur, dass ein paar Dinge an dieser Kommode wirklich merkwürdig sind.

„Wir haben ein bisschen investiert", grinst Beringer.

„Hm", brummt Frank Zustimmung. „Und hier sollen die Mädels sich ausruhen?"

Beringer lacht auf. „Lucy weiß schon, was gemeint ist." Gehorsam trottet die junge Frau mit hängendem Kopf auf die Kommode zu und bleibt davor stehen. Elena steht unschlüssig im Raum.

„Mädels", kommandiert Beringer. „Alles ausziehen bis auf Strapsgürtel, wenn vorhanden. Die Fesselbänder und die Halsbänder könnt ihr anbehalten", kommandiert der Ledertyp und Frank ärgert es ein bisschen, dass seine Elena gleich mit herumkommandiert wird.

„Ja Herr", gibt Lucy devot von sich und legt das bisschen Unterwäsche ab. Elena sieht Frank fragend an, dem der Blick runter wie Öl geht. Schließlich ist sie seine Sklavin und nicht die Beringers. Frank nickt und alsbald steht Elena in ihrem Strapsgürtel und ihren Netzstrümpfen da, immer noch Halsband um, während es bei Lucy die halterlosen Nylons und die Fesselbänder und das Halsband sind. Beringer öffnet die Kommode, die aus Stahl ist, wie Frank jetzt auffällt. Die Türen öffnen sich quietschend und geben den Blick auf das Innere frei, das einfach mit einem Käfiggitter versehen ist und einer liegenden Frau grade so Platz bieten würde. Die Käfiggitter sind mit einem Vorhängeschloss versehen, dass nur lose drinhängt mit einem Schlüssel drin. Nachdem es abgezogen ist und auch das Gitter geöffnet ist, klettert Lucy brav hinein, wobei Frank ihren nackten Hintern bewundert. „Ist da Platz für Zwei?" Beringer antwortet nicht, sondern bedient etwas an der Oberseite der Stahlkommode. Zwei Stahlplatten sind es, die er rausnimmt, bis zwei große Löcher links und rechts im Oberteil der Kommode klaffen. „Ah", sinniert Frank. „Die sollen also knien und die Köppe rausstecken." Niemand antwortet ihm, aber Lucy schafft es, ihren Kopf open durchzustrecken, indem sie ächzend mit den Beinen wieder halb rausklettert. Alsbald kniet sie da und ihr Kopf sieht oben aus dem Loch. Ihre Hände hat sie sklavisch auf den Rücken gelegt. „Gutes Mädchen", lobt Beringer.

Dann setzt er etwas Stahlplatte um den Hals der Frau wieder ein, so dass sie den Kopf nicht wieder abtauchen lassen könnte, selbst wenn sie wollte. Offenbar gibt es dafür eine zweiten Einsatz.

„Oh Fuck", gibt Elena von sich.

„Du machst es Lucy nach!", kommandiert Frank, der an Elena herangetreten ist und ihren Hintern massiert.

„Rein mit dir!", gibt Beringer von sich und da erst setzt sich Elena in Bewegung und taucht ächzend mit dem Kopf oben wieder auf. Sie kniet sich ebenfalls gehorsam hin.

„Au, das tut beim Knien weh", jammert sie. Doch Beringer schüttelt nur den Kopf. „Stellt euch nicht so an, der Boden ist aus Gummi."

„Na also", kommentiert Frank, der feststellt, dass ihn das Ganze ziemlich anturnt."

„Ich habe nicht oft eine Zweite hier", erklärt Beringer, der Elena kritisch ansieht. „Aber verschränk' deine Arme richtig", fordert er und positioniert sogar ihre Arme richtig auf den Rücken. Dann schließt er die Käfigtür und lässt das Vorhängeschloss einrasten. Auch Elena bekommt ihre „Halsstütze." Frank wird es etwas unwohl Was, denkt er, wenn der Typ sich weigert, Elena da wieder rauszulassen? Aber er beruhigt sich sofort selbst. Das wird natürlich nicht passieren, denkt er.

Lucy sieht starr geradeaus, während Elena verwirrt umherguckt.

Offensichtlich ist ihr unklar, wie es weitergehen soll. Frank fällt auf, dass die blonde Frau schon ihren Mund geöffnet und die Zunge leicht hervorgestreckt hat. Unterdessen kommt Frank die Szene plötzlich bekannt vor. „Seven-Seven", murmelt er, den Namen einer alten SM-Website zitierend, bei der man gegen Mitgliedsgebühr ultraharte Videos ansehen konnte. „Ah, der Herr ist ein Kenner", gibt Beringer grinsend von sich und holt aus einer Schublade eine längere Kette mit einer Klammer an jedem Ende. „Oh nein", stößt Elena mit großen Augen hervor, während Lucy den Blick hängen lässt und sich ihrem Schicksal ergibt.

„Oh doch", lacht Beringer.

„Das ist nett", stimmt sogar Frank zu.

Frank sieht, wie sehr es Lucy weh tut, als Beringer die eine Klammer in ihre gehorsam vorgereckte Zungenspitze einsteckt. Sie verzieht das Gesicht, man hört einen unterdrückten Schrei und massenhaft Speichel läuft ihr aus dem Mund. Und reichlich Nasenflüssigkeit kommt auch hervor. Es dauert eine ganze Weile, bis sie ihre jetzt rot gewordenen Augen geradeausblicken lässt und den Kopf gerade hält. „Gut, gut", lobt Beringer gönnerhaft und tätschelt ungelenk ihre nackte Brust in der Kiste. „Oh Kacke", gibt Elena mit großen Augen von sich und schüttelt frenetisch den Kopf, als der Beringer ihr das andere Klammerende vor den Mund hält. „Sag schön Ah", kommandiert Frank und Elena sieht ihn groß an. „Du willst doch hier keinen Ungehorsam zeigen?", fragt Beringer.

Frank nimmt kopfschüttelnd zur Kenntnis, wie sich Elena fast übergeben hätte, als ihr die Zungenklammer befestigt wird. Es dauert sehr lange, bis sie sich damit abgefunden hat. Aber die

Sklavin sitzt im Gegenteil zu Lucy nicht gerade, in Ruhe vor sich hinspeichelnd, sondern ruckt immer wieder mit dem Kopf hektisch hin und her und hustet dabei. Ihre Zunge zieht sie ein, streckt sie wieder raus, ein ewiges Hin- und Her. Frank ertappt sich dabei, sich mit Beringer über das Gezappel von Elena zu amüsieren. Ist das noch konsensual, fragt er sich. Wesentlicher Bestandteil dieser Beziehung aus Master und Sklavin ist ja, dass es Elena selbst alles will. Doch jetzt kann sie nicht reden und sieht immer mal flehentlich zu ihm rüber. Andererseits, denkt er, in Anbetracht ihrer Vorgeschichte… Den Satz will er selbst nicht zu Ende bringen.

Dann nimmt Beringer zwei kleine Vibratoren aus dem Schrank. „Machen wir es etwas interessanter". Eine Weile später hat er die beiden Mädels mit den Dingern gefüllt, allem Herumwackeln zum Trotz und die Plastikteile mit Seilen in ihren „Goldgruben" vertäut, wie er das nennt. Kurz darauf haben Frank und Beringer wirklich etwas zu lachen, als beide Frauen mit hektischen Unterleibbewegungen anfangen und dazu kräftig Stöhnen und Speichel fliegen lassen.

„Prost Frank."

„Prost … Beringer."

Beide trinken eine Weile später Bier und lassen die Flaschen aneinander klirren. Die beiden Frauen in ihrem Pranger-artigen Gestell finden die sich anbahnende, ausgelassene Runde überhaupt nicht gut und fangen an, mit den Armen Gesten zu machen und laute „Mh" und „Ah"-Laute von sich zu geben. Der Beringer seufzt. „Ware mal…", sagt er und nimmt Handschellen aus einer Schublade hinter seinem Tresen. Lucy lässt es sofort über sich ergehen, während Elena sich anfangs zu wehren versucht. Aber auch bei ihr klicken die Handschellen und beide Frauen haben sie auf dem Rücken gefesselt.

Frank kichert, das Bier in der Hand. „Ja, SM-Beziehungen sind einfacher." Der Ledertyp nickt und prostet Frank zu.

Die beiden Frauen in ihrer Sitzkiste fangen jetzt an mit den Köpfen zu wackeln und versuchen, trotz der Zungenklammern und der verbindenden Kette zu sprechen, was eine speichelsprühende Angelegenheit wird, die beide Männer zum Lachen bringt. Auch das wilde Kopfwackeln, das insbesondere Elena versucht, tut beiden nicht gut, denn die Kette ist recht stramm zwischen beiden Zungen gespannt, so dass es beiden wehtut, solche Kopfbewegungen zu versuchen. Beringer lacht grölend darüber, während Frank eine Augenbraue hebt und einen tiefen Zug Bier nimmt.

So geht der Abend dahin und Frank merkt gar nicht, wie spät es schon ist. Irgendwann, nach dem achten Bier oder so, wird er müde. „Oh, wir müs-sen l-los", lallt er und Beringer lacht nur. „So lasse ich euch nicht weg.

„Wie jetzt?", fragt Frank.

„Wir haben eine Art Gästezimmer", erklärt Beringer. „Na ja, mehr eine Kammer, aber gut genug zum Schlafen für Zwei."

„Det is jut", kommentiert Frank im nachgemachten Berlinerisch.

Elena funkelt Beringer wütend an, als sie endlich befreit wird. Lucy ist schon frei und reibt sich die Handgelenke. „Au, Beringer, das hat wirklich wehgetan!", meckert sie und Frank prostet ihr mit dem fast leeren Bier zu, was sie mit den Augen rollen lässt. Elena geht schließlich zu Frank und nimmt ihm die Bierflasche aus der Hand. „Komm, dann gehen wir schlafen. Das mit den Ringen machen wir morgen", grollt sie mit einem bösen Blick zum

Ledertypen. Der grinst. „Der Bäcker backt Brot und der Beringer wird morgen beringen", gibt dieser von sich. Elena schüttelt den Kopf, stützt den schwankenden Frank und geht dem Beringer genannten Typen hinterher. Lucy setzt sich im Verkaufsraum auf einen Stuhl und sieht von oben in eine Bierflasche, ob noch etwas drin ist. „Na denn prost", gurrt sie, während die anderen drei in den Hinterzimmern des Geschäfts verschwinden.

In der Nacht liegt Frank schnarchend und Bierdünste ausstoßend auf einer Matratze. Voll angezogen, während sich Elena schlecht gelaunt auf einer Nachbarmatratze mit einer Wolldecke zugedeckt hat. Mittlerweile mit BH und Slip bekleidet. Es ist Ein Uhr morgens, als sie wach wird und an ihre Handtasche geht. Die ist ja von Frank früher schon hinreichend durchsucht worden, dass sie da nichts Besonderes und auch kein Telefon oder etwas in der Art drin hat. Aber aus einem versteckten Seitenfach nimmt sie etwas Dünnes heraus und versteckt es in ihrem Slip. Mit grimmigem Gesichtsausdruck legt sie sich wieder hin, deckt sich zu und fällt wieder in einen unruhigen Schlaf.

Es kommt ihr so vor, als sei es nur kurze Zeit später, dass sich die Zimmertür knarzend öffnet. Dass sie nicht abschließbar ist, war ihr schon vorhin aufgefallen. Allerdings hatte es Frank mit einem Lallen abgetan. Elena schüttelt den Schlaf ab und richtet sich auf. Der massive, dunkle Umriss von Beringers Gestalt ist erkennbar, der langsam ins Zimmer schleicht und die Hand vorstreckt. Grelles Licht wird flackernd von der Neonröhre an der Decke in diesem Lagerraum abgegeben, wo sie und Frank auf den Matratzen auf der Erde zwischen den Regalen mit Pornomagazinen und -Filmen schlafen. „Aufstehen!", schnarrt der kräftige Mann und Elena sieht ihn einerseits schlaftrunken, andererseits auch erbost an. Was ist das für ein Benehmen, die Gäste so mitten in der Nacht zu wecken? Plötzlich sieht sie, dass er eine Pistole in der Hand hat und vor Schreck erstarrt sie. Beringer tritt unterdessen Frank in die Seite, der sich mühsam unter Stöhnen aufrichtet und immer noch nicht mitbekommen hat, was eigentlich los ist. Er kriecht auf Elena zu und droht sich über sie zu wälzen, den Tritten ausweichend. Elena wiederum steht auf und klatscht Frank ins Gesicht. „Wach auf!" schreit sie und er scheint zu sich zu kommen.

„Raus, raus, ich schmeiß dich alten Arsch raus!", ruft Beringer mit tiefer Stimme und fuchtelt mit der Waffe in der Luft herum, als wolle er irgendetwas verscheuchen.

„Bist du verrückt geworden?", fragt die nur in Strümpfen und Strapsen fröstelnde Elena.

„Klappe halten, bring deinen Menne hier raus!", kommandiert Beringer ungerührt.

„Was ist denn bloß los?", fragt sie, während sie sieht, dass Frank langsam wach wird. Wenn er doch nur noch seine Waffe hätte, denkt sie da. Sie überlegt, ob sie sagen soll, dass Frank bei der Polizei war oder so tun soll, als ob er noch im aktiven Dienst sei. Aber andererseits, denkt sie, schießt der Ledertyp dann vielleicht erst recht. Frank brabbelt jetzt auch etwas, bei dem man „verrückt geworden?" verstehen kann und hält sich den Kopf, während er unsicher auf die Waffe sieht und dann wieder ins Licht blinzelt. „Scheiße", grummelt er, während Elena ihn langsam zur offenen Tür hin stützt. Damit auch zu Beringer, der neben der Tür steht und mit der Waffe wieder herumwedelt, um die beiden damit durch die Zimmertür zu lotsen.

„Das wird dir noch leidtun", droht Frank im Rausgehen und Elena seufzt. Denn das klang grade nicht besonders eindrucksvoll. Was das Ganze soll, fragt sie sich auch. Denn wenn er seine Gäste rausschmeißen will, wäre das ja auch viel einfacher zu erreichen. Ohne Knarre, mit der man ja nicht so ohne Grund herumfuchtelt.

Im Verkaufsraum angekommen bewegen sich Elena und Frank auf die verschlossene Tür zu. Von draußen scheint etwas Straßenlicht durch die schwarze Folie und man hört und sieht, wie ein Auto vorbeifährt. Elena, mit Frank am Arm, greift nach dem großen Türgriff. Doch die Tür ist zu. Weder Drücken noch Ziehen funktioniert. „Du musst aufschließen, Mann!", ruft sie dem immer noch die Waffe haltenden Beringer zu. „Und ein Scheiß-Beringer bist du", zischt sie schnippisch, so als sei das eine besonders wirksame Beschimpfung. Doch der Mann grinst nur.

„Du verstehst das falsch, Kleine. Du darfst bleiben, aber dein Menne muss gehen. Tritt zurück, Mädchen, dann werfe ich den Kerl raus!"

Elena sieht ihn stirnrunzelnd an. „Bist du verrückt geworden? Wir gehen beide!", stößt sie hervor.

Unterdessen ist Lucy hinter dem Vorhang hervorgekommen und steht nackt bis auf ein rosa Nachthemdchen im Verkaufsraum.

„Komm zu mir, wir beide schlafen in meinem Zimmer hinten. Da ist es gemütlich und wir machen ein bisschen Schampus auf." Sie winkt einladend zum schwarzen Vorhang hin.

„Nein!", zischt Elena. „Schließ jetzt die Tür auf und lass uns raus!"

Doch der Ledermensch lacht nur. „Wenn du nicht gleich zu Lucy gehst, stehst du in der Schusslinie", droht er.

Elena schüttelt den Kopf. „Du wirst doch nicht schießen! Willst du, dass die Polizei kommt?"

Da überrascht Beringer sie, in dem er plötzlich nach ihr greift und sie zur Seite zieht, so dass sie zwei Meter weit in den Raum katapultiert wird. Diesen Kraftaufwand hatte sie nicht erwartet. Frank taumelt, so wie er an der Tür steht, wo er plötzlich die Stütze durch Elena verliert. Doch er fasst sich schnell wieder.

„Waffe weg Mann!", schimpft Frank jetzt deutlich lauter. „Ich rufe die Polizei!"

Beringer lacht meckernd, behält aber auch Elena im Auge, die jetzt plötzlich Lucy am Arm hat, die sie Richtung Vorhang ziehen will. „Komm schon, lass die Männer machen", quengelt die Blonde im Nachthemd.

Doch Elena stellt sich breitbeinig hin und hält stand.

„Wenn du die Bullen rufst, wird dir das nix bringen", lacht Beringer. „Besoffener alter Kerl, der lallt, seine Ische verloren zu haben." Er lacht meckernd und holt mit der Linken ein Schlüsselbund aus der Tasche. „Von der Tür weg!", kommandiert er. „Dann schließe ich auf und du bist draußen. Besser als eine Kugel, oder?"

„Du bluffst doch nur, du Arsch", gibt Frank erstaunlich selbstsicher von sich. „Ich bin Polizeibeamter und das wird Konsequenzen haben."

Beringer sieht ihn mit großen Augen an. „Du bist... was? Ein Bulle? Du alte Lusche bist ein Bulle?" In diesem Augenblick hat sich Elena bereits von Lucy losgerissen und zieht das kleine Etwas aus ihrem Slip. Sie nimmt die Kappe von der Spitze und hechtet auf Beringer zu. Dann steckt sie ihm das Ding, nichts anderes als eine Injektionsnadel und Spritze, in den Hals und verpasst ihm die ganze Ladung. Beringer erstarrt und greift sich an die Einstichstelle. „Was zur Hölle?", fragt Frank. „Oh...Scheiße!", schreit Lucy.

Und Beringer? Der sackt zusammen. Fällt um und knallt rücklings auf den Boden. Doch noch während er fällt, hat ihm Elena elegant die Spritze Vom Hals abgezogen.

„Was...?", fragt Frank und sieht sie entgeistert an.

„Er wollte dich erschießen", stellt Elena klar. „Er hätte geschossen, doch echt. Mit solchen Typen kenne ich mich aus. Er wollte mich versklaven oder? Ich sollte im Puff verschwinden?" Sie sieht Lucy streng an, die erstarrt dasteht.

„Antworte, kleine Hure, oder du kriegst die nächste Spritze", droht Elena. Die weicht langsam rückwärts aus, doch Elena greift ihre Hand.

„Bitte", wimmert die Blonde. „Ich bin doch nur seine Sklavin."

Lucy sitzt am Tisch. Beringer liegt immer noch bewusstlos auf dem Boden vor der Tür. Frank hat die Pistole im Hosenbunds stecken und hat sich auch gesetzt. Elena steht gewissermaßen als Wache da.

„Er wird wieder wach. Dauert eine Stunde oder länger." Frank nickt. Kratzt sich am Kopf. Elena ist klar, dass er vor Schreck wieder nüchtern geworden ist. „…Habe mal Krankenschwester gelernt. Angefangen jedenfalls", erklärt sie. Frank nickt.

„Lucy", redet er die Blonde nach einer Weile streng an. „Ich war lange genug bei der Polizei. Ich meine mich an einen ähnlichen Fall zu erinnern." Die Blonde hört ihm eingeschüchtert zu.

„Da hat ein Kerl gesagt, er habe seine Freundin in einer Bar verloren", beginnt er. „Sie sei ins Hinterzimmer geschleift worden und er sei aus dem Lokal geworfen worden. Er war blau und Zeugen gab es keine. Die Kollegen haben damals die Barbesitzer befragt. Einem Zuhälter hat der Laden gehört. Der hat gesagt, die zwei hätten sich im Suff gestritten und die Frau sei weggelaufen. Der Mann sei hinterhergelaufen und dann sei er zurückgekommen und hätte rumgestänkert, der Laden sei am Streit schuld gewesen. Eine Knarre war aber nicht im Spiel."

Lucy nickt. „Äh… und?"

„Na ja", sagt Frank mit dem Zeigefinger herumwedelnd. „Ich nehme an, sie ist im Puff verschwunden, die Freundin, dachte ich jedenfalls damals. Aber wir haben den Fall als simple Streiterei nicht weiter verfolgt. Später als sie sich nach Tagen nicht gemeldet hat, haben wir ihr Handy angerufen und sie hat gesagt, alles sei okay. Ich denke aber…"

„Ja, ja", gibt Lucy genervt zu. „So machen die das. Die muss das sagen, oder sie wird verprügelt. Dass alles in Ordnung ist."

Frank nickt. „Und die Wumme von Beringer? Das hätte ihm Probleme gemacht."

Lucy lacht. „Er hat noch eine Wasserpistole, die fast genauso aussieht. Die zeigt er immer den Sherriffs, wenn sich wer beschwert, dass Beringer mit einer Knarre rumfummelt."

Elena nickt. „Und du, du musst für ihn anschaffen gehen, oder?"

„Klar", antwortet die Blonde. „Und im Laden arbeiten. Und ihm privat einen auf Sklavin machen." Sie wird rot.

„Aber das macht dir Spaß, oder?" Elena hat sich neben Lucy gesetzt.

Überraschend scheu nickt Lucy. „Allerdings."

Im nächsten Augenblick verblüfft Elena ihren Herrn. Denn in einer ganz und gar dominanten Geste legt sie ihren Finger unter Lucys Kinn und hebt ihr den Kopf an, so dass beide Frauen Blickkontakt haben. „Willst du bei dem Arsch hier bleiben, oder mal eine richtige Herrin haben? Gestern haben wir das ja sehr genossen, unsere Lesbennummer, oder?"

Lucy weicht dem Finger aus, grinst dabei aber mädchenhaft. „Allerdings", sagt sie wieder. Frank legt sie die Hand an die Nasenwurzel. Doch Elenas Blick ist richtig streng geworden.

„Allerdings, Herrin!", korrigiert sie entschlossen. Lucys Augen werden groß und dann nickt sie scheu. Elena greift nach Lucys nacktem Oberschenkel und streichelt ihn sanft.

„Wenn du also mitkommen willst, dann höre ich jetzt ein *Bitte nimm mich mit, Herrin* von dir und du packst schnell nur das das absolut notwendige ein, bevor der Affe hier wach wird." Sie sieht zum flach atmenden Beringer rüber, der immer noch rücklings auf dem Boden liegt.

„Ja, ja, ich komm' ja schon mit", grinst Lucy. Doch Elena lässt nicht locker, während sich Frank den verkaterten Schädel reibt.

„Wie hieß der Satz?"

Doch Lucy wackelt wie ein kleines Kind vor sich hin. „Nimm mich mit, Herrin. Bitte."

„Gut genug", findet Elena.

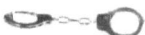

Nur mit ihrem blitzenden Stahlkragen, einem Jeansminirock und einem superkurzen, rosa Tanktop bekleidet, das ihre schmalen Schultern freilässt, trippelt Lucy mit einer kleinen Sporttasche auf unmöglich hohen, schwarzen Sandaletten Frank und Elena hinterher. Die Schuhe der beiden Frauen machen dermaßene Klackgeräusche auf dem Pflaster, dass sich Frank wieder seinen Schädel reibt, als er den Passat mit der Fernbedienung öffnet. Als er vorne links einsteigen will, schiebt ihn Elena zur Seite. „Ich fahre!" Er nickt nur und steigt auf der Beifahrerseite ein.

„Den Schlüssel zu meinem Halsband-Dings habe ich", erklärt Lucy triumphierend. „Aber das Schloss muss wohl geölt werden."

Frank dreht sich um, als der VW grade losfährt.

„Du siehst aber nett damit aus."

Elena kichert, als Lucy dem Expolizisten die Zunge rausstreckt.

ZWEI SKLAVINNEN

Eine Woche später. Frank sitzt im Wohnzimmer und liest ein E-Book auf seinem Handy. Irgendwas mit einem Raumschiff, das im All gestrandet ist. Denn SM-Romane vermeidet er seit einiger Zeit. Die ganze Woche schon. Denn immer sind Elena und die Neue, diese Lucy, miteinander zugange. Als er mit Lucy mal allein war, hat sie ihm gesagt, sie würde gerne mit ihm mal eine Session machen. Aber Elena hat sie ihm immer wieder entführt, wenn es dazu hätte kommen können.

Hand-in-Hand marschieren die beiden mal wieder auf die Wohnzimmertür zu. Den Fernseher, auf dem sie eben irgendeine alte Krimiserie gesehen haben, lassen sie einfach laufen. „He, wolltet ihr mich nicht mal dazunehmen?", fragt er und ärgert sich selbst, wie unsicher seine Stimme klingt.

Beide Frauen bleiben stehen und Elena sieht ihn an. „Gib ihr noch ein bisschen Zeit, Frank. Nächste Woche hat sie sich vielleicht schon eingewöhnt." Es scheint so, als ob Lucy etwas sagen will, doch sie schließt ihren Mund schnell wieder, als sie Elena weiterzieht. Dann sind beide durch die Tür verschwunden. Es geht sicher wieder ins Spielzimmer im Keller, denkt er. Das er zusammen mit Elena einst für Elena und ihn eingerichtet hat. Aber jetzt darf er höchstens noch zum Putzen rein.

Grummelnd beschäftigt er sich wieder mit dem Roman.

Doch nach einer Stunde hält es ihn nicht mehr im Sessel. Er wirft das Handy aufs Sofa und geht runter in den Keller. Im Kellerflur fällt ihm auf, wie ausgesprochen still es da unten ist. Er öffnet die Tür zum Strafzimmer. Das Licht ist an, doch er braucht eine Weile, bis er die beiden gefunden hat. Beide sitzen in dem großen Käfig, der auf einem stabilen Stahltisch steht. Der Käfig ist auch aus Stahl und ein doppeltüriges Ungetüm. „Großer" Käfig ist schon der richtige Ausdruck, aber nur, wenn nur eine Frau in ihm drinsitzt. Da hier aber Elena und Lucy drinsitzen, haben sie kaum Platz. Sie sitzen mit den Köpfen zueinander, ihre Beine ineinander verschränkt. Ihn ärgert regelrecht, dass beide Frauen schwarze Strümpfe und Strapse tragen. Etwas, was er sehr gern mag. Die beiden „Sklavinnen" da so im Käfig zu sehen, erregt ihn sehr. Aber er schiebt die Erregung gleich wieder weg. Sicher wollen sie ihn mal wieder nicht „ran" lassen. Er tritt näher. *Wenn ich jetzt einfach ein Vorhängeschloss vormache*, beginnt er eine Überlegung. Denn der Doppelkäfig ist unverschlossen. Er merkt nicht, wie beide Frauen ihn konzentriert ansehen, als er sich nach einem passenden Schloss umsieht.

„Untersteh dich, Frank!" Elenas Stimme ist schneidend. „Was denn?", fragt er unschuldig. Er hört deutlich, wie Strumpf an Strumpf im Käfig reibt. Elenas Hand tastet nach der Verriegelung draußen am Käfig, die natürlich auf dem Türrahmen mittig sitzt. Doch ohne die Verriegelung sehen zu können, schafft sie es nicht, ihn aufzubekommen.

„Du musst den Knopf drücken und dann diesen Drücker...", beginnt er. „Ach richtig", gibt Elena von sich und schafft es, der Käfig entriegelt sich und die Türen öffnen sich ein bisschen. Doch Elena zieht sie einfach wieder zu, während Lucy schweigend zusieht.

„Wir bleiben noch", erklärt Lucy. „Ich weiß, wie es aufgeht", erklärt sie der Blonden.

„Soll ich euch nicht lieber rauslassen?" Frank wendet sich, wieder einmal gefrustet, zum Gehen.

„Nein", tönt es ihm von Elena entschlossen entgegen.

„Also", kommt es schüchtern von Lucy. „Ich würde schon gern raus."

„Still, Sklavin", donnert Elena dazwischen.

„Ja Herrin", tönt es dünn von Lucy.

Er geht kopfschüttelnd. Elena hat durch Lucy offensichtlich ihre dominante Seite entdeckt. Und es ist schon eine ganze Woche her, dass sie ihn das letzte Mal „Herr" genannt hat. Und ein Nein hätte sie ihm früher auch nicht so einfach entgegengedonnert.

Wieder oben im Wohnzimmer, geht er nach einer Stunde an den PC. Und sieht sich frustriert irgendwelche Sadostreifen an. Da spuren die Mädels, wird ihm klar. Auch wenn das natürlich nur Filme sind und die Darstellerinnen Safewords haben.

Irgendwann hat er wütend auf den Tisch. Steht entschlossen auf. Jetzt reicht es ihm mit den beiden da unten. Er wird sich wieder ins Spiel bringen. Von Elena wird er sich nichts mehr vorschreiben lassen.

Entschlossen geht er die Kellertreppe runter und steht wieder im Spielzimmer. Beide Frauen haben es sich auf der Matratze bequem gemacht, die oft für Elena als Unterlage zum Fesseln gedient hat. Die beiden Strapsmäuse, wie er sie in Gedanken nennt, liegen mit ineinander verschränkten Beinen auf der Seite, die Gesichter zueinander. Zugedeckt sind sie mit der weißen Bettdecke, die da immer liegt. Ein süßes Bild ist es, muss er zugeben.

„Lucy, es ist Zeit, dass ich dich mal teste", gibt er entschlossen von sich. „Wir hatten darüber geredet." Lucy stemmt sich hoch und auch Elena sieht ihn an. Die braungelockte Frau öffnet ihren Mund. „Ruhig, Sklavin", kommt es da im Kommandoton aus Franks Mund. „Hier entscheide ich." Er macht eine Geste zu Lucy und die Blonde steht gehorsam auf. „Ja Herr", sagt sie keck und lächelt ihn an. „Du kannst gerne zuschauen, Elena." Die grummelt etwas Unverständliches als Antwort, während er Lucy an der Schulter zu einem Turnhallen-Bock führt, der mit Lederschnallen zur Fixierung versehen ist.

„Was hältst du davon, wenn wir dir erst mal zum Aufwärmen mit der Hand Zwanzig geben und dann auf das Paddle überwechseln?" Er sieht, dass Lucy erfreut nickt.

Er buchsiert sie zum Bock, da fühlt er plötzlich die Hand Elenas auf seiner Schulter.

„Entschuldige, dass wir dich so lange außenvor gelassen haben", haucht sie ihm lasziv ins Ohr. „Wir nehmen dich wieder dazu."

„Gut", kommt es von ihm ehrlich erleichtert. „Ihr Zwei allein habt es mir zu doll getrieben", fügt er hinzu und versucht damit, eher wie einer der Master in den Videos zu klingen, die er immer sieht. Elena nickt und lächelt ihn an, als sie Lucy sanft zur Seite schiebt. „Nimm mich, Herr."

„Äh also…", kommt es unentschlossen von ihm. „Eigentlich wollte ich Lucy…", fängt er an, doch bringt den Satz nicht zu Ende, denn Elena hat sich schon über den Bock gebeugt und macht sich die Lederschnalle für ihr linkes Handgelenk selbst zu.

Eine Weile später ist Elena auf dem Prügelbock festgeschnallt, während Lucy mit einer Flasche Wasser auf der Matratze hockt und mit stumpfem Blick zusieht.

Frank nimmt sich einen der Rohrstöcke aus dem „Schirmständer", in dem die Stöcke in Essig eingelegt sind.

„Legt man die Dinger wirklich in Essig ein? Ich dachte nur Pferdepeitschen und so." Doch Elena wackelt nur mit dem Hintern, herrlich eingerahmt mit ihrem schwarzen Strapsgürtel und haucht dazu ein „schlag mich". Frank holte grade aus…

„Warte, Frank!"

„Was denn?", fragt er genervt.

„Kette Lucy erst am Bett fest, es ist ihre Schlafenszeit."

Er sieht Lucy entgeistert an, die den Kopf etwas hebt, der sich auf der anderen Seite des Prügelbocks befindet.

„Du kettest sie hier unten immer an? Ich wusste ja, dass sie hier unten geschlafen hat und du oben, aber…"

„Kette sie an, Frank!"

Er knurrt ein „Ja". Wieder einmal merkt er, wie sehr Elena in der letzten Zeit das Kommando übernommen hat.

Kurz darauf deckt er Lucy mit der Bettdecke zu. Die Blonde sieht ihn dabei traurig, aber auch unterwürfig an. Unten lugen ihren nackten Füße, die nur mit den Nylons versehen sind, unter der

Bettdecke hervor. Um ihr rechtes Fußgelenk ist ein massiver Stahlreif gelegt, der mit einer Kette nebst Vorhängeschloss an einem in die Wand eingelegten Ring versehen ist.

„Schlaf gut, Lucy", säuselt er und sie nickt nur. Ein „Danke Herr", glaubt er noch zu hören, ist sich aber nicht sicher.

„He!", kommt da von Elena. „So ein Frauenarsch schlägt sich nicht von allein." Sie bringt es fertig, auf ihrem Bock mit dem Hintern etwas hin und her zu wackeln. Frank dreht sich zu ihr um und ist wieder etwas besserer Laune, denn der Anblick der beiden Halbmonde mit der deutlich erkennbaren Pflaume dazwischen, schön eingerahmt von den Strapsbändern, hat es schon in sich. Er küsst ihre linke Pobacke.

„Frech wie du in letzter Zeit geworden bist, müssen wir dich wirklich mal wieder rannehmen."

„Ja, Herr, das müssen wir wirklich", antwortet sie, aber es ist ehr gekichert als devot dahingesagt, wie er feststellt. Er massiert ihre Pflaume zärtlich, denn auch wenn er wütend ist, ist es schwer, bei diesem Anblick nicht auf andere Gedanken zu kommen. Dann schlägt er sie hart mit der Hand auf beide Backen, sechs Schläge schnell hintereinander auf jede Pobacke, dass es laut klatscht und die prallen Backen richtig rot werden. „Au, au, au", protestiert Elena, die so schnell mit den Aus garnicht hinterherkommt.

„In dir steckt ganz schön was verborgen, oder? Einmal die hilflose Sklavin von... du weißt schon." Er sieht so Lucy rüber, die nichts von Elenas Vergangenheit wissen soll. „Dann meine devote Gespielin und jetzt plötzlich die Herrin von Lucy. Du bist ein durchtriebenes Luder, das ist, was du bist!"

Er meint es spielerisch und lässt den Rohrstock durch die Luft sausen, dass sie den Luftzug an ihren Pobacken merkt. „Das Aufwärmen ist vorbei, Sklavin."

Da merkt er, wie sie schwer atmet. „Ja Herr, bestrafe mich. Ich bin böse, ich verdiene Strafe, für all das, was ich den Frauen…", beginnt sie einen Redefluss, da hält er ihr blitzschnell mit der Hand den Mund zu. „Ruhig, Sklavin. Wir knebeln dich wohl besser, was?" Ein unterwürfiges „Ja Herr" ist die Antwort.

Er entscheidet sich für einen großen, roten Gummiballknebel mit schwarzem Fixierband. Er muss um den Bock herumtreten, wo naturgemäß durch Elenas Lage ihr Kopf verkehrtrum und auch noch mit den Haaren zu ihm zu Boden hängt. Er zieht ihr den Kopf kurzerhand an den brauen Locken hoch und sie jammert dazu. Dann hält er ihr den Knebel vor die roten Lippen.

„Der ist zu groß", sagt sie nur. Er schüttelt den Kopf.

„Wenn schon, dann *Er ist zu groß, Herr!"* Er gibt ihr einen beherzten Schlag auf den oben auf dem Bock liegenden Hintern, der sie aber nur wohlig schaudern lässt. Glucksend will sie irgendetwas entgegnen, doch gehen ihre Wort in einem Gurgeln unter, als er ihr den Knebel in den Mund schiebt. Das Ding drückt erst nur gegen ihre beiden Zahnreihen, doch er schiebt so unbarmherzig, dass ihr am Ende nicht anderes übrigbleibt, als stöhnend den Mund aufzumachen. Er fixiert den Riemen hinter ihrem Nacken und achtet darauf, dass der rote Gummiball wirklich tief in ihrem Mund bleibt, indem er ihn dabei festhält.

„Manchmal frage ich mich schon, wer bei euch früher im Keller das Sagen hatte." Doch natürlich bekommt er keine Antwort.

Weit holt er mit dem Rohrstock aus und trifft beide Pobacken, die sich unter dem Treffer verformen. Herrlich ist das Wabbeln dabei anzusehen, findet er und genießt die rote Linie, die der Rohrstock hinterlassen hat.

„Elena und ich haben nämlich eine Vorgeschichte", erklärt er laut und dreht sich zu Lucy um. Die Bonde sieht ihn fragend an, unter ihrer Bettdecke vorguckend, die sie sich teilweise über den Kopf gezogen hat.

„Mmm...mmmh!", kommt es von Elena, die wild den Kopf schüttelt. Offensichtlich findet sie das Aufdecken ihrer Vergangenheit doch nicht gut.

„Aber das möchte Madame hier für sich behalten", grummelt Frank und schlägt noch einmal hart zu. Beide Striemen kreuzen sich und etwas Blut sickert am Kreuzungspunkt hervor.

Elena protestiert wimmert unter dem Knebel.

„Madame nimmt sich nämlich auch gern Frauen vor und quält sie", stellt er fest und dann ergeht eine Kaskade von drei harten Schlägen auf Elenas Hintern und wieder fließt Blut. Im fällt auf, dass sie schweißüberströmt ist und zittert. Beruhigend tätschelt er ihren nackten Hintern und gibt ihr einen Kuss auf je eine Pobacke.

„Warte Schatz, ich mache dir was drauf wegen der Striemen und den kleinen Blutungen." Lachend dreht sich Frank zu Lucy um, die sich richtig klein macht auf ihrem Lager. „Keine Angst, zu dir bin ich zärtlicher", zwinkert er ihr zu. Elena gibt diverse mpf-Laute von sich, aber er ignoriert es und cremt ihre Striemen liebevoll ein. Unterdessen macht die Gefesselte so viel Krach und zappelt dermaßen herum, dass er sie losbindet.

„Frank!", herrscht sie ihn an, während sie sich die schmerzenden Pobacken reibt. „Das war jetzt wirklich zu viel!"

Er grinst sie an. „Nun, in Anbetracht deines Verhaltens...", beginnt er. Doch sie fährt ihm mit einem entschiedenen „Papperlapapp" in die Parade. Dann überrascht sie ihn, indem sie sich zu Lucy auf das

Lager legt. „Küss mir den Hintern! Und lecke!", fährt Elena die Blonde an, während sie sich ausgestreckt hinlegt. „Ja Herrin", hört man nur von Lucy und ihre Fußkette klirrt, als sich Lucy in Position bringt, seitlich neben Elena kniend und anfängt, den gebeutelten Hintern ihrer Herrin zu küssen und zu lecken.

Frank überlegt sich, was er jetzt machen soll, da sieht er den energischen, ja bösen Blick, den ihm Elena zuwirft.

„Ich lass euch mal allein", erklärt er und verschafft sich so einen noch einigermaßen eleganten Rückzug.

Es ist eine Stunde später, als Frank mal wieder in den Keller geht. Vordergründig, um ein altes Buch im Bücherschrank unten im Hobbyraum zu suchen. Hintergründig, um mal zu lauschen, was für Töne aus dem Strafzimmer dringen. Wenn da überhaupt etwas zu hören ist. Er steht im Hobbyraum vorm Bücherschrank und kann sich nicht zwischen *Das letzte Schiff der Föderation* und *Fluchtversuch einer Sklavin* entscheiden. Die Wahl zwischen Space-Opera und tabubrechendem Hart-SM fällt ihm schwer. Da hört er, wie draußen die Tür zum Strafzimmer aufgeht. Leise geht jemand über den Flur, so als ob Frauenfüße in Strümpfen auf das Linoleum auf dem Kellerflur patschen. Eine Tür öffnet sich und wird geschlossen und Frank hört eindeutige Geräusche. Da hat jemand das Keller-WC benutzt. Neugierig geworden späht er auf den Flur. Die Tür vom Strafzimmer steht offen. Er schleicht darauf zu und späht hinein. Lucy sitzt auf der Matratze, den Rücken gegen die Wand gelehnt. Sie ist völlig nackt, hat die Arme über den Brüsten verschränkt und starrt auf den Boden. Ihr nackter Körper ist mit

Peitschenspuren übersäht. Er räuspert sich und tritt in die Tür. Sie sieht ihn an. Ihre Augen sind verweint, fällt ihm auf.

„Frank", flüstert sie, „ich muss dir etwas sagen." Er nickt. „Klar", antwortet er.

„Ich will hier raus, Frank." Ihr Gesicht wird plötzlich viel lebendiger. „Ich mag ja SM mit Sklavin spielen und so. Aber das hier wird mir zu heavy. Aber Herrin Elena… ich meine Elena… sie will nichts davon hören, das wieder weniger hart zu machen. Ich habe es ihr vorhin gesagt." Lucys Stimme bricht und sie sieht wieder zu Boden. „Aber da hat sie mich besonders hart geschlagen. Mit der verdammten…", will sie noch etwas sagen, da hören beide die Klospülung. „Geh schnell!", zischt Lucy und Frank macht, dass er wieder in den Hobbyraum kommt. Er greift sich die Kopie vom „Fluchtversuch einer Sklavin" und blättert ziellos in dem Taschenbuch herum. Er atmet erst wieder auf, als die Tür zum Strafraum wieder geschlossen wird, wie er hören kann. Er schüttelt den Kopf. Elena führt hier ein ziemliches Regime. Dafür, dass er sie kürzlich als Sklavin aufgenommen hat, ist sie doch ein bisschen Arg zur Hausdomina geworden. Dabei hat er gedacht, eine richtige Sklavin in ihr gefunden zu haben. In einem Szenario irgendwo zwischen Freiwilligkeit und einer Art überfälligen Bestrafung für ihre Partnerschaft mit dem Serienmörder Ehrlichmann.

So wie es ist, kann es nicht bleiben. Er seufzt, als er über das Titelbild des Buches streicht, das eine kniende, nackte Frau mit einer Nummer auf der Stirn und Peitschenspuren zeigt, auch wenn das Cover den Busen elegant verdeckt. „Einen Fluchtversuch einer Sklavin haben wir jetzt auch hier", denkt er und amüsiert sich bei dem Gedanken. Lucy will weg. Gerne würde er Lucy als Sklavin haben, stellt er fest. Wahrscheinlich lieber, als sich weiter mit der Zicke Elena auseinanderzusetzen. Aber gegen ihren Willen will er

Lucy hier nicht festhalten. Sicher ist auch Lucy nicht schuldlos, mit ihrer Komplizenhaftigkeit beim Einfangen von Frauen für die Zwangsprostitution in diesem verdammten Sexshop. Aber irgendwo muss es eine Grenze geben. Er hat hier schließlich kein Straflager.

Er atmet tief durch. Es wird das Beste sein, wenn Lucy geht, wenn das nun ihr Wunsch ist. Sie ist sowieso mehr Opfer als alles andere, während er sich da bei Elena nicht mehr so sicher ist. Wenn Lucy wieder weg ist, wird vielleicht alles so wie vorher werden und er wird Elena schon wieder einnorden. Ihr beibringen, wer der Herr ist und wer Sklavin. Mehr oder minder freiwillig Sklavin, aber mit einem dringenden Bedarf an Führung.

Seine Hände krallen sich richtig in das Taschenbuch, dass es verformt wird. Ihr verdammter Hintern hat einen dringen Bedarf, ordentlich gestriemt zu werden, für das, was sie bei Ehrlichmann getan hat. Aber damit die alten Verhältnisse wieder einziehen können, muss erstmal Lucy aus dem Hause. Das wird ihm immer klarer.

Am nächsten Tag wartet er auf eine Gelegenheit, mit Elena zu reden. Es ist Samstag und er sitzt beim Frühstück. Lustlos kaut er auf seinem Marmeladenbrötchen. Von Elena und Lucy keine Spur.

Als er schon fast fertig ist, kommt Lucy in die Küche geschwebt. Sie trägt nur einen durchsichtigen Morgenmantel und sonst nichts. Er klafft auch noch auf, so dass er ihren herrlichen Körper sieht.

„Guten Morgen", sagt sie laut und deutlich und lächelt ihn an. Das Lächeln ist sogar ziemlich verführerisch, wie er findet und bringt ihn ganz schön aus dem Konzept. Die Idee, die blonde Frau loszuwerden, erscheint ihm plötzlich weniger erstrebenswert. Doch bei einem weiteren Biss ins Brötchen ermahnt er sich selbst, bei seinem Vorhaben zu bleiben.

Lucy schließt ihren Morgenmantel und nimmt sich ein Glas aus dem Schrank. Kurz darauf sitzt sie mit einem Glas O-Saft beim ihm am Tisch.

„Also, kannst du nachher mit Elena reden?" Sie flüstert es wieder. „Ich will nicht mehr diese Sklaverei-Masche, wie wir gestern besprochen haben."

Er nickt. „Willst du hierbleiben? Als ihre Freundin oder einfach gehen?"

Elena macht ein ernsthaftes Gesicht, nimmt sich ein Brötchen und spielt damit gedankenverloren herum.

„Als Freundin von Elena, nur als Freundin, das wird nicht gehen", sagt sie sehr leise. „Aber deine Sklavin zu sein…", sie funkelt ihn plötzlich mit einem breiten Lächeln an. „Das hätte ich gern."

Frank schnauft und setzt die Kaffeetasse ab. „Das würde ich ja auch gern, aber…"

Kaum hat er das gesagt, schneit Elena ins Zimmer. Schwebt förmlich, eine Wolke von Parfum verbreitend, bekleidet nur mit schwarzem Hüfthalter, schwarzen Nylons und einem BH, der ihre Brüste von unten stützt, aber sonst freilässt.

„Was hättest du gern?", fragt sie Frank und stemmt sich auf den Küchentisch. „Mehr Action vielleicht? Mit Lucy oder mit mir?"

Frank atmet tief durch. Dann schlägt er die Faust so laut auf den Küchentisch, dass seine Kaffeetasse mitsamt der Untertasse einen

Satz macht und scheppert. „Mit dir und mit Lucy. So wie es jetzt ist, geht es nicht weiter!", stellt er laut fest.

„Und Elena…", fängt Lucy an und hat jetzt offensichtlich etwas mehr Mut gefunden. „Ich will nicht mehr. Ich will nicht mehr…", wiederholt sie sich, offenbar noch nicht ganz in der Lage, die Sache auf den Punkt zu bringen.

„Du willst nicht *was*?", fragt sie Elena mit einer deutlichen Herausforderung in der Stimme.

„…nicht mehr deine Sklavin sein. Ich will frei sein von dieser Sklavinnenmasche mit dir."

Elena sieht sie groß an, dann sieht sie Frank an, als würde sie eine Verschwörung vermuten.

„So, ihr Zwei habt euch abgesprochen, oder?"

„Nein", entgegnet Frank beschwichtigend. Lucy sagt nichts, funkelt Elena aber ärgerlich an.

„Dann", beginnt Elena mit unheilvoll klingender Stimme, „wird es bald einige Änderungen hier geben."

Mit diesen Worten verschwindet sie aus der Küche und geht nach oben. Frank und Elena sehen sich fragend an.

ALLES WIRD ANDERS

Es hat nicht lange gedauert und die Haustür hat kräftig gerummst, als Elena gegangen ist. Frank fällt auf, dass es das erste Mal seit ihrem Zusammensein ist, dass Elena allein das Haus verlässt. Eigentlich sollte er sich Sorgen machen. War doch die ursprüngliche Idee, die Irgendwie-Komplizin von Ehrlichmann unter Kontrolle zu halten. Aber letztendlich zuckt er mit den Schultern und ist froh, mit Lucy allein im Haus zu sein. Er setzt sich an seinen Schreibtisch im Obergeschoss. Wo Lucy ist, weiß er nicht. Will sie auch noch gehen? Sie könnte es jetzt natürlich. Er holt tief Luft. Aber wer weiß, vielleicht ist es so das Beste, wenn die ganze Sklaverei-Schose so beendet wird. Vielleicht waren es Abwege, auf denen er sich wiedergefunden hat. Ein merkwürdiger Weg für einen ehemaligen Gesetzeshüter. Wenn er allein an die Episode mit dem sogenannten Beringer denkt. Dass die Geschichte nicht in irgendeiner Form ein Nachspiel hat, ist auch noch nicht ganz klar.

Er sortiert alte Papiere auf dem Schreibtisch. Wird Zeit, mal wieder aufzuräumen.

Da öffnet sich die Tür und Lucy schwebt ins Zimmer. Sie trägt ein rosa Minikleid, das ihr kaum über den Hintern geht. Dunkel erinnert er sich, dass Elena und sie einen Einkaufsbummel gemacht hatten, um solche Klamotten zu kaufen.

Lucy ist merkwürdig ernst und hat etwas in den Händen, die sie mit den Handflächen nach oben gedreht vor dem Körper hält. Eine Reitpeitsche ist es, die sie da präsentiert, sieht er. Sie bleibt vor dem Schreibtisch stehen, dann geht sie geschmeidig auf die Knie.

„Nimm mich in Besitz, Herr", haucht sie mehr, als dass sie es sagt.

Frank zögert nur kurz, dann steht auf. „Ich werde es dir nicht leicht machen", sagt er und merkt, dass seine Stimme vor Erregung zittert. „Du wirst mein sein und wenn Elena das nicht passt, dann sperre ich sie in den Keller, bis sie wieder zu sich kommt."

Lucy sieht Frank verblüfft an.

„Keine Sorge", beschwichtigt er die jetzt sichtlich verängstigte Frau. „Dich behandle ich nicht so. Aber Elena hat Schuld auf sich geladen. Sie hat Dinge getan, deretwegen sie Strafe verdient."

Lucy nickt und schluckt.

„Sachen wie der Beringer?"

Frank fasst sie an die Schulter. „Schlimmere, Kind, Schlimmere. Und jetzt lass und das Gespräch nicht mit deinem Mund weiterführen, sondern mit dem zweiten Gesicht da unten." Er nimmt ihr die Reitpeitsche aus der Hand und tätschelt ihren Hintern durch das Minikleid. „Im Strafzimmer redet es sich darüber viel leichter." Er sieht, dass sie plötzlich Angst vor ihrer eigenen Courage zu haben scheint.

„Aber wir vereinbaren ein Safeword. Das kennst du doch, oder?", gesteht er zu.

„Ja", erklärt sie. „Master Beringer und ich hatten anfangs mal eins. Aber später hat er gesagt, dass ich keins mehr haben darf."

Frank nickt. „Such dir eines aus. Eines, das du immer sagen kannst. Auch wenn du grade… Schmerzen hast."

Lucy überlegt und ihre Stirn legt sich in Falten. „*Beringer*, wie wäre es damit? Der Name nervt mich so, der ist gut zum Abturnen." Sie grinst.

Lucy lässt sich am Oberarm in den Keller ins Strafzimmer führen.

„Zieh den Fummel aus, Lucy."

„Ja Herr", gibt sie devot von sich und streift das Kleid mit einer gewissen Eleganz ab, wie er zugestehen muss. Er bewundert ihren Körper mit den Nippel- und Schamlippenringen.

„Die Reitpeitsche ist gut, aber wir fangen am besten mit der Hand an, zum Aufwärmen." Er dreht sie um und lässt seinen Blick über ihren nackten Körper gleiten. „Sie hat dich gut bearbeitet, gestern Abend. Brüste, Po, Bauch, Rücken, Oberschenkel hinten und vorne, alles gepeitscht. Hat sie dich wenigstens eingecremt hinterher?"

„Ja Herr", antwortet sie nur.

„Nun gut, ich weiß nicht, ob wir noch bis zur Peitsche kommen, bei all den Vor-Spuren, wenn man so will."

„Ganz wie Ihr wollt, Herr." Sie knickst sogar, fällt ihm auf.

Er klatscht ihr auf den Hintern. „Hat dir Beringer das beigebracht mit dem Knicksen?"

Sie dreht ihren Kopf zu ihm. „Nein Herr, das war Herrin Elena."

Er schüttelt den Kopf und seufzt. Setzt sich auf das große Sofa.

„Mach es dir auf meinem Schoß bequem, den Hintern schön rausgestreckt."

Lucy knickst wortlos und legt sich elegant über seinen Schoß. Das klassische „übers Knie legen", wobei er einen schönen Blick auf ihren Körper bekommt, die langen Beine elegant weggestreckt, der nackte Po ihm entgegengewölbt. Die Hände artig auf dem Rücken verschränkt, wie ihm auffällt. Er korrigiert den Sitz ihrer Arme.

„Leg die Hände möglichst nah an den anderen Ellbogen. So ist es gut." Sie sagt nichts und lässt sich von ihm führen. Dann fühlt sie seine Hand, die zärtlich ihre Hinterbacken abtastet und dann zwischen ihren Beinen verschwindet.

„Oh Herr!"

Er schlägt sie mit der Hand. Zwanzig harte Schläge sind es, die im Wechseltakt auf jede ihrer Backen niederprasseln und sie zum Wackeln bringen. Ihre hübschen Beine und ihre nackten Füße tanzen dazu in der Luft, während sie eine entzückend mädchenhafte „au, au"-Kaskade von sich gibt. Als er fertig ist, schluchzt sie.

„Na, na", lacht er. „Das war nur zum Aufwärmen. Und da weinst du schon."

„Nein Herr", erklärt sie tapfer. Frank lacht kehlig.

„Für das Lügen, sollte ich dir noch mal Zwanzig geben, was?"

„Nein Herr!"

Wieder lacht er. „Na ja, wir machen einfach mit dem Paddle weiter, wie geplant, was Sklavin?" Er gibt ihr einen spielerischen, aber harten Schlag auf die linke Pobacke. Es klatscht laut und sie rudert wieder mit den Füßen.

„Ja Herr!", schreit sie mehr, als dass sie es sagt.

Er schiebt sie von seinem Schoß. „Knie dich in die Ecke da, Gesicht zur Wand." Sie wirft ihm mit rotem Kopf einen verblüfften Blick zu, doch dann stiehlt sich ein Lächeln in ihr Gesicht. „Ja Herr", antwortet sie langgezogen mit etwas Schalk in der Stimme und kommt seinem Befehl nach. Sie verschränkt die Arme von selbst, wie er ihr eben noch befohlen hat. „Gutes Mädchen", lobt er. Er lässt sich Zeit bei der Auswahl des Paddles und entscheidet sich letztlich für ein hölzernes. Mit diesem steht er eine Weile vor ihr, während sie regungslos knien bleibt. Er begutachtet ihren roten Hintern, auf dem seine Handarbeit nur eine gleichmäßige Rötung hinterlassen hat, während Elenas Vorarbeit hier immer noch tiefrote Spuren zeigt, wie auch auf ihrem Rücken oder sogar auf ihren schönen, langen Beinen. „Wenigstens hat sie deine Fußsohlen in Ruhe gelassen", stellt er fest und kann nicht umhin, Erregung beim Anblick der ihm präsentierten Sohlen zu spüren. „Schöne Füße hast du, irgendwann müssen wir da auch mal mit dem Rohrstock bei", gibt er nicht ganz ernsthaft von sich, obwohl ihm der Gedanke, einmal ausgesprochen, immer besser gefällt.

Die Schläge, die Lucy einsteckt, sind hart. Und laut. Denn das Holzpaddel macht entsprechend Krach. Lucys Hände sind mittlerweile auf dem Rücken gefesselt und er bemerkt beim achtzehnten Schlag, dass die Spuren von Elenas vorheriger Misshandlung wieder aufbrechen und leicht bluten. Er beugt sich herunter zu der vor dem Sofa knienden, nackten Gefesselten und küsst ihren knallroten, blutenden Hintern. Sie will mit dem Oberkörper hochkommen, doch er drückt sie wieder runter auf die Sitzfläche des Sofas. Dann kniet er sich hinter sie, schlägt sie mit der Hand kräftig einmal auf jede Arschbacke und zieht ihre Backen auseinander, während er sein Glied aus der Hose holt.
„Dein Hintereingang ist hoffentlich gut geweitet", grunzt er mehr, als dass er es sagt, während er sein Glied auf ihre Rosette drückt.
„Ja", gibt Lucy nur langgezogen von sich, als er in sie eindringt. Es geht problemloser, als er erwartet hat.
„Du bist wirklich eine Sklavenhure, oder?", bricht es aus Frank heraus, der sich bildlich vorstellt, wie oft Lucy von dem kräftigen Ledertypen anal genommen worden sein muss, wenn sie so geweitet ist.
„Ja Herr, ja, ich bin nur eine Sklavenhure", stöhnt Lucy wollüstig und ihm wird klar, dass sie auch auf Herabwürdigungen beim Sex steht. Er greift nach ihrem Hals und hält sie dort hart fest, dabei ein bisschen Druck ausübend. „Was?" fragt sie, wobei das Wort fast in einem Gurgeln untergeht.

„Sei still, du Analhure", entfährt es ihm und ein Teil von ihm hofft, dass er es grade nicht übertreibt. Schließlich will er es sich mit einer hübschen und willigen Gespielin wie Lucy nicht verderben. Doch zu seiner Freunde stöhnt sie nur ein devotes „Ja Herr, eure Arschhure hält ihren frechen Sklavenmund." Dieses devote Gerede bringt ihn endgültig zum Höhepunkt und er spritzt in ihr ab. Gott, denkt er, ist das das erste Mal, dass ich im Hintern einer Frau…? Die Welt vergeht in einem Strudel der Lust und er sinkt am Ende auf ihr zusammen. „Oh Gott war das gut", murmelt er. „Danke Herr", hört er nur von ihr.

Lucy und er sitzen noch eine ganze Weile zusammen auf dem Sofa, später angezogen im Wohnzimmer und reden. Zwei Welten finden sich zusammen. Der Expolizist, der kaum jemals im Leben eine Regel übertreten hat und eigentlich erst seit dem Zusammensein mit Elena damit angefangen hat. Und die Prostituierte Lucy, die einem Zuhälter privat auch noch als Sklavin gedient hat und deswegen in letzter Zeit vom Straßendienst befreit war. An einer Stelle lacht Frank. „Wir haben früher beide Straßendienst gehabt", stellt er fest. „Streife gelaufen sozusagen." „Streife, Streifen oder eben Strich", kichert Lucy dazu und in dem kleinen Bungalow verstehen sich beide über eine Flasche Wein prächtig. Bis es irgendwann um Zwei Uhr morgens in getrennte Betten geht. Elena ist immer noch nicht nach Hause gekommen.
„Schläfst du wieder im Keller?", fragt Frank. „Wir haben auch ein Gästezimmer", stellt er fest. „Ich werde dich jedenfalls nicht beim Schlafen festbinden." Er kichert. „Es sei denn du willst es." Lucy schüttelt den Kopf. „Nein danke, ich nehme das Gästezimmer. Mal was anderes."

Frank nickt ernsthaft. „Ich rede morgen noch mal mit Elena. So wie bisher, dich so ganz und gar zu ihrer Sklavin machen zu wollen, geht das nicht weiter hier im Haushalt."

„Ja gut, Frank", sagt sie und man hört am Tonfall, dass sie nicht recht an einen Erfolg des Redens glaubt.

„Doch wirklich. Ich rede mit ihr. Ich lasse ihr das nicht weiter durchgehen", verspricht er ernsthaft.

SPÄTES MORGENGRAUEN

Am nächsten Morgen

Es ist schon viertel nach Zehn, als Lucy durch einen Tritt an den Bettkasten geweckt wird. Das ganze Gästebett im kleinen Gästezimmer vibriert dadurch. Verschlafend blinzelt Lucy, die nackt unter der seidigen Bettdecke schläft.
„Was...?"
Zu ihrem Schrecken sieht sie das wütende Gesicht Elenas. Die hat sich in ihre „Dominakleidung" geworfen, wie Lucy das im Geiste nennt. Also ein durchsichtiges schwarzes Oberteil mit schwarzem BH drunter. Einem Superminirock und Netzstrümpfen an den Beinen. Der Rock ist so kurz, dass man sogar noch die Strapse sieht, die sie halten.
„Wo ist Frank?", fragt Lucy erschreckt.
„Weggegangen vor Wut. Er kommt erst in ein paar Tagen zurück", ist die Antwort. Lucy richtet sich auf.
„Wie jetzt?"
Elena holt tief Luft. Dann verpasst sie Lucy eine gellende Ohrfeige. Die sieht kurz nur noch Sterne, dann sieht sie Elena an. Ihr kommen die Tränen.
„Was tust du?"
Wieder ein Schnaufen von Elena.
„Wenn Madame Blondchen nicht will, dass ich ihren süßen

Sklavenhintern ihrem alten Herrn Beringer ausliefere, der mit ihr sicherlich ein Hühnchen zu rupfen hat, dann macht sie jetzt genau das, was ich ihr sage." Elena funkelt Lucy förmlich an und hat einen roten Kopf.

„Was denn?"

Da fängt sich Lucy noch eine kräftige Ohrfeige ein.

„Was denn Herrin heißt das!"

„Wir hauen hier ab. Gehen in meine Wohnung. Oder besser noch eine Liegenschaft, die Ehrlichm… ich meine, die ich noch irgendwo habe."

Keine dreißig Minuten später versucht Lucy, die schon fast alles in den Passat-Kombi von Frank geladen hat, das Badezimmer im Obergeschoss zu benutzen. Doch das ist verschlossen. Sie klopft, doch niemand antwortet. Elena kommt die Treppe hoch.

„Lucy, Frank hat da eine Schweinerei gemacht. Auch ein Grund, weswegen wir uns gestritten haben. Ich habe einfach zugeschlossen. Soll er seine Schweinerei selbst wegmachen, wenn er seine Sauftour beendet hat."

Lucy schluckt. Es gibt ja noch die Gästetoilette im Erdgeschoss und das kleine Bad im Keller.

„Bist du sicher, dass wir gehen? Und dass wir seinen Wagen nehmen können?"

Doch Elena bekommt wieder dies Funkeln in die Augen. „Schieb deinen kleinen Mädchenarsch in den Wagen."

„Ja Herrin", sagt Lucy unwillkürlich.

„Und Lucy, ich möchte, dass du noch was anlegst, zusätzlich zu deinem Minikleid-Fummel."

Mühevoll schleppt Lucy, die jetzt braune Fesselbänder mit blitzenden Stahlösen an den Fuß- und Handgelenken trägt, einen schweren Koffer mit Sexspielzeug in den Wagen. Sie ist froh, dass das Einfamilienhaus so abgelegen liegt und niemand sie sieht in diesem merkwürdigen Aufzug. Elena beobachtet sie grinsend, die Arme vor der Burst verschränkt. Als der letzte Koffer verstaut ist, nehmen beide Platz im Wagen. Elena sieht grinsend zu ihrer Beifahrerin rüber.

„Abgelegene Hütte, oder? Auch von den Handwerkern hat mich nie einer gesehen. Frank wollte mich sowieso geheim halten."

„Denkst du, dass er...", beginnt Lucy.

„Halt die Klappe", kommandiert Elena nur.

„Ja Herrin" ist die schüchterne Antwort.

Als der Passat langsam zur Landstraße rollt, fliegt ein kleiner Vogel auf die Fensterbank des geschlossenen Badezimmerfensters. Einer der sogenannten Spatzen, die es hier massenhaft gibt. Er sieht natürlich nicht durch die Fensterscheibe. So sieht er nicht den regungslosen Mann, der mit Mund und Nase unter Wasser in der gefüllten Wanne liegt. Von der winzigen Einstichstelle im Hals wird auch bei der viel später erfolgenden Autopsie nie jemand etwas bemerken. Gerade auch weil sich die lähmende Substanz sehr schnell im Körper zersetzt.

ENDE

Für den unauffälligen Programmierer Thomas wird alles anders, als ihm seine Kollegin Susanne ihre Freundin Lulu vermitteln will. Lulu fährt auf Extrem-SM ab und sucht einen Partner, nachdem ihr letzter, schon älterer "Master" verstorben ist. Thomas, der das bislang nur in seiner Fantasie praktiziert hat, ist wie vom Donner gerührt. Doch er geht zu dem Date. Dann wird es eine Achterbahnfahrt, als die devote Lulu als freiwillige "Sklavin" in den Spielen mit ihm aufgeht, doch sich Susanne in die Beziehung drängt. Wo gibt es Platz für eine Dritte in dieser harten Top/Bottom-Beziehung. Und will Susanne dominant oder unterwürfig sein? All das wird noch viel komplizierter, als Thomas im Internet eine junge Asiatin kennenlernt, die einem merkwürdigen taiwanischen Kult entspringt. Ein Kult, bei dem die offenbar Fuß-fetischistischen Frauen Männer dazu bringen müssen, ihre zarten Füße abzustrafen. Am Ende hat Thomas im "Folterzimmer", auch Spielzimmer genannt, jede Menge leicht bekleidete Frauen um sich und muss mühevoll den Überblick bewahren bei all den Geräten und den Master spielen. Denn Lulu, devot wie sie auch ist, weiß genau, was sie will. Und das ist harter SM.

Bei BoD.de, Thalia.de, Amazon.de und anderen Internet-Buchhändlern.

E-Book bei BoD und im bekannten Internet-Buchhandel.

SKLAVIN ALS FUNDSACHE
Gerettet aus dem Folterkeller

Rodrigo Thalmann

E-Book um Online-Buchhandel

Vom Autorenduo Marlisa Linde und Rodrigo Thalmann sind noch viele weitere Romane bei BoD verfügbar.